BERYL BAINBRIDGE

CADA UM POR SI
Titanic — um romance

Tradução:
CARLOS SUSSEKIND

3ª reimpressão

COMPANHIA DAS LETRAS

Capa:
Hélio de Almeida

Preparação:
Célia Regina Rodrigues de Lima

Revisão:
Beatriz Moreira
Ana Maria Barbosa

Dados Internacionais de Catalogação na Publicação (CIP)
(Câmara Brasileira do Livro, SP, Brasil)

Bainbridge, Beryl
Cada um por si : Titanic, um romance / Beryl Bainbridge ; tradução Carlos Sussekind. — São Paulo : Companhia das Letras, 1998.

Título original : Every man for himself.
ISBN 85-7164-745-3

1. Romance inglês I. Título.

98-0155 CDD-823.91

Índices para catálogo sistemático:
1. Romances : Século 20 : Literatura inglesa 823.91
2. Século 20 : Romances : Literatura inglesa 823.91

1998

EDITORA SCHWARCZ LTDA.
Rua Bandeira Paulista, 702, cj. 72
04532-002 — São Paulo — SP
Telefone: (011) 866-0801
Fax: (011) 866-0814
e-mail: coletras@mtecnetsp.com.br

PRÓLOGO

15 de abril de 1912

O que então ele me disse foi:

"Salve-se, se puder."

E eu respondi com razoável firmeza, se bem que estivesse tremendo e sem saber a que me agarrar:

"Vamos ver. Você vai estar do meu lado?"

"Lembre-se, Morgan", disse-me ainda, "ser lançado para o alto não quer dizer nada, o que é terrível é o impulso que empurra para baixo." Em seguida, afastou-se, com passo inseguro, uma ponta do seu roupão arrastando-se pelo convés.

Tornei a vê-lo, uma última vez, naqueles poucos segundos que duraram uma eternidade entre o meu salto para o teto da cabine de comando e a avalanche d'água que me levou de roldão para as alturas. Visto de pé, junto à balaustrada, um braço passado nas grades para firmar-se, a princípio não me pareceu ser ele porque havia tirado os óculos; foi pelo roupão de veludo que o reconheci.

Ele olhava diretamente para mim, ao mesmo tempo que limpava as lentes na bainha do roupão cor de ameixa, e devo admitir que atribuí uma conotação sensual ao seu gesto daquele momento, a mão quase oculta por baixo do tecido fazendo pensar que ele estivesse se acariciando. A morte pode tão bem fazer o papel de amante, que dá para entender um homem enlevar-se nessa expectativa. Por trás dele, no horizonte, brilhava algo que, por engano, tomei como sendo a luz de uma estrela.

Ficou-me a impressão de que ele sorria, mas não tenho certeza. É possível que eu precise acreditar que as coisas terminaram assim, uma forma de expulsar dos meus ouvidos os gritos de aflição que iriam depois varar os mesmos céus rutilantes.

A noite estava tão tranqüila, o mar tão calmo, o momento em tão evidente descompasso com a catástrofe que se ia preparando, que fiz menção de ir ao encontro dele, acenei-lhe com os dedos de minha mão erguida como se fôssemos ambos convidados num evento social em que a coisa mais natural do mundo seria reconhecer, assinalando-a com esse gesto, a presença de um amigo. Cheguei a abrir a boca para dirigir-lhe alguma saudação em voz alta, mas faltaram-me as palavras.

Lembro-me de ter baixado os olhos para o sapato do meu pé direito, ainda inexplicavelmente brilhando com a última escovadela, numa pausa antes de avançar até aquela figura com o braço enganchado na balaustrada.

A água, então, primeiro deslizando, depois forçando passagem aos borbotões, varreu-nos para longe um do outro.

1

Às quatro e meia da tarde de 8 de abril de 1912 — temperatura moderada, os jacintos desabrochando nas jardineiras das janelas — um estranho resolveu morrer nos meus braços.

Ele ficara pendurado dos gradis de um daqueles imponentes casarões na Manchester Square, com os braços estendidos como os de um espantalho, o peso todo sendo suportado pelo tecido do paletó que se enganchara. Já nas primeiras palavras que saíram de sua boca mostrou sem sombra de dúvida que não estava subjugado pelas circunstâncias.

"Eu sou quem eu sou", disse claramente. Na janela aberta atrás dele uma criada de touca branca fincava flores dentro de um vaso.

"É sempre bom conhecer-se a si próprio", respondi-lhe, e segui em frente. Quando cheguei à esquina no final da quadra, ouvi um grito: olhando para trás percebi que o infeliz se desvencilhara do paletó e vinha cambaleando em minha direção. Seu rosto sem um pingo de cor tinha as sobrancelhas arqueadas como as de um palhaço e os lábios iam ficando azuis.

"Que é isso!", disse-lhe no momento em que ele jogou o corpo para a frente e segurou-me em volta da cintura. Caímos ambos de joelhos. Do outro lado da rua um bando de moças em trajes de escoteiro cruzava os portões ornamentais do jardim público, recitando em coro e organizadas em fila dupla.

Tentei desembaraçar-me, mas o homem estava nas últimas. Tinha o rosto tão perto do meu que seus olhos fundiramse num só. Pensei que ele estivesse embriagado, mas sentialhe o hálito leve.

"Estenda-me no chão", sussurrou, e uma lágrima rolou daquele terrível olho único, indo romper-se na protuberância de seu lábio.

Uma babá veio vindo pela nossa calçada, empurrando um carrinho de bebê. A criança estava aos gritos. Pedi ajuda quando a mulher passou empurrando o carrinho; deu para ver um pedaço de papel pardo grudado à sola de sua bota.

Estendi-o o melhor que pude, com a cabeça apoiada na calçada. Teria tirado o paletó para servir-lhe de almofada, se ele ao menos soltasse minhas mãos. Agarrava-se a elas com muita força, como se alguém invisível estivesse puxando por ele noutra direção. Até que, curvando o dedo médio e lançando-o exploratoriamente por baixo do punho de minha camisa, esfregou-lhe a ponta de leve no meu pulso.

Uma súbita rajada de vento sacudiu as árvores no jardim público e um suspiro prolongado ecoou ao longo da rua.

"O toque leve do amor", disse ele, bem nitidamente.

Houve um instante, no espaço de alguns minutos que durou sua agonia, em que ele desfez o encadeamento de minhas mãos nas suas e, procurando dentro do bolso de seu colete, retirou e fez surgir um pequeno quadrado de cartão que em seguida apertou contra o meu peito.

Depois que saí da barbearia, para onde o corpo foi levado por dois guardas, percebi estar de posse de um instantâneo tirado de uma japonesa meio oculta por trás de um leque com bordados. Recuando nos meus passos, tinha toda a intenção de entregar a foto aos cuidados de um guarda, só que pela vitrina de frente da loja vi a figura do morto sentado numa cadeira de barbeiro, com um pano branco, que lhe cobria o peito, atado ao pescoço. Imaginei que o houvessem colocado ali, até a chegada de uma viatura, para não desencorajar os possíveis fregueses que aparecessem. Tinha os olhos abertos e apontados para mim.

Dali corri imediatamente para Princes Gate, fiz a mala com os objetos pessoais para passar a noite e, deixando aberta a janela de meu quarto a fim de remover o fumo de cigarro, fechei a porta discretamente atrás de mim. Detive-me no corredor, fiz o que tinha a intenção de fazer — não me tomou mais que um instante —, consegui limpar com a manga do paletó o quadrado de poeira no espaço de parede desocupado e segui para o patamar da escada.

Quis o destino que o primo Jack viesse subindo quando desci. Saiu algo como o fiapo de uma conversa, meu coração batendo tão forte que mal consegui ouvir o que ele dizia. A luz do fim de tarde passava pelo vitral da janela na base da escada, emprestando um colorido flamejante à sua barba.

"Ah!", disse ele, fixando o olhar com esforço. "É você."

"O próprio", respondi-lhe, igualmente ofuscado.

"Vamos bem?"

"Otimamente bem."

"Excelente!", arrematou, categórico, e passou adiante. No andar de cima o mico de estimação esticou a corrente ao extremo limite e pulou para o alto do balaústre.

Mais tarde recriminei-me por esse meu nervosismo. Jack pode ter tino para o comércio, mas para a maioria das outras coisas seu espírito é monumentalmente tacanho e pouco aberto. É claro que tem os negócios do pai para ocupar-se. Mas, durante todas as semanas em que permaneci naquela casa em Princes Gate, não fizemos sequer uma refeição juntos, embora na verdade estivesse programado que nos encontraríamos para o desjejum na primeira manhã que se seguiu à minha chegada. Naquela ocasião o cabo que fazia funcionar o elevador para trazer e levar bandejas rompeu-se entre o porão e a sala de jantar, e o ruído estridente das louças se quebrando teve um tal impacto sobre os meus nervos que escapuli antes mesmo de Jack ter aparecido. Desde então nunca chegamos a estar presentes à mesma hora num espaço maior que o umbral de algum dos cômodos da casa, ele em geral saindo enquanto eu entrava ou vice-versa. Um ou outro resmungo, possivelmente a propósito do tempo que estava fazendo — mais que isso não houve, que pudesse ser entendido como um sinal de reconhecimento da presença do estranho em seu ninho. Nem cheguei a ter certeza de que ele sequer soubesse quem eu era. É preciso levar em conta, de qualquer modo, que havia uma diferença de trinta anos em nossas idades e que eu era um garoto de apenas doze quando ele me viu pela última vez na biblioteca da casa de seu pai, com a típica fachada revestida de arenito pardo, na Madison Avenue.

Não quero deixar a impressão de que fazia um mau juízo de Jack. Muito pelo contrário. Foi ele quem disse à minha tia que já era tempo de ela parar de alimentar em mim idéias fantasiosas sobre minhas origens. Até então eu pouco sabia de meus pais além de que eram obstinados e tinham morrido, meu pai dois meses antes de eu nascer e minha mãe — cunhada, por sua meia-irmã, de meu tio Morgan — três anos depois. Eu realmente não estava preocupado em apurar com detalhes o assunto, tendo sempre recebido os melhores cuidados de minha tia e de minha prima Sissy, mas vez por outra me vinham à cabeça imagens malucas quando eu estava a ponto de adormecer ou de acordar, imagens do rosto de uma velha deitada ao meu lado num travesseiro todo manchado. Eu então despertava inteiramente e espalhava uma gritaria pela casa, pedindo que abrissem a janela a fim de expulsar o fedor do hálito da velha. Às vezes, quando o pesadelo havia sido mais assustador que de costume, Sissy escancarava a janela da sacada e ficava ali me segurando no colo, eu com meu camisão de dormir, dizendo-me para respirar fundo o sereno da noite, e nessas horas eu parava inteiramente de respirar, porque, quando baixava os olhos para ver a rua iluminada a gás, acontecia que ela havia afundado debaixo das lamacentas águas do canal.

Não fiquei acabrunhado em saber a verdade, apesar de Sissy ter chorado por dias a fio. Só tinha que me sentir grato por não ter ido parar na zona pobre da cidade. Quanto aos outros grotescos acontecimentos, ligados à minha primeira infância, de que me inteirei pela leitura dos quebradiços recortes de jornais que Jack passou às minhas mãos pouco depois do meu décimo segundo aniversário, bem, eles meramente me confirmaram na crença cada vez maior de ser eu alguém especial. Não me interpretem errado: não estou me referindo a dotes intelectuais ou a ter sido destacado para receber grandes honras; o que eu simplesmente quero expressar com esse *especial* é o sentimento de me terem destinado a ser um participante, mais do que um espectador, de acontecimentos singulares.

Por exemplo: uma hora antes de Amy Svenson ter se enforcado na porta do porão, em conseqüência da febre provocada pela secreção do leite ("febre do leite"), eu estava fazendo desfilar meus soldadinhos de brinquedo no vestíbulo ladrilhado da casa na Madison Avenue. Amy justamente escovava o chão do vestíbulo quando comecei a vociferar porque um de meus Confederados de chumbo havia ficado preso nas rodinhas da mesa do corredor — e ela veio e cantou uma cantiga de ninar para mim. Uma bolha de sabão estourou no seu cabelo quando ela me sentou em seus joelhos. E eu tinha dez anos quando, hospedado em casa dos Van Hopper, surpreendi um homem no ato de estourar os seus miolos. Eu havia acordado cedo uma bela manhã e saí pelos arredores sozinho em direção ao riacho que corre abaixo do cemitério; e lá estava Israel Wold, um retardado mental que alugava uma cabana para além dos pinheiros, rojado de quatro, cavando a terra como um gato enlouquecido. Gritou para mim: "Me ajude, ô bisbilhoteiro!", e obedientemente me agachei diante dele e me pus a cavar. Quando o buraco ficou fundo o bastante, ele espalhou pólvora lá dentro, que retirava e jogava de uma sacola presa ao cinto. E então disse: "Lá vou eu, e que o Senhor venha comigo", e deitou-se com a cabeça para dentro da cova. Saí correndo porque sabia que ele tinha um parafuso de menos; no instante seguinte ouviu-se um estrondo que parecia o de um trovão e, quando olhei para trás, vi que o seu velho chapéu de palha tinha sido atirado para o céu no meio da fumaça, como se alguém lhe houvesse trazido uma boa notícia. Isso explica a tranqüilidade com que enfrentei o episódio do morto na Manchester Square, tranqüilidade relativa, eu diria.

Naquela noite, em que deixei Princes Gate, acomodeime numa pensão em Bloomsbury, sofrendo o que era de se esperar. Fico pensando que bem poderia ter me hospedado com a família de Melchett em Dorset, só que eles são realmente chatos e os seus sofás vivem cobertos de cachorros.

Na terça-feira eu havia ido com Laura Rothschild a uma matinê ver não sei que peça, deixei Melchett pagar-me um jantar no Carlton, acompanhei-o trocando as pernas até o seu clube e acabei me perdendo dele às três da madrugada no lado de fora da porta giratória do Café Royal. Entrementes, telegrafara para minha tia, assegurando-lhe do meu desejo de rever a família, em especial Sissy, que em minha ausência havia dado um filho e herdeiro para seu marido. Por alguns centavos a mais acrescentei que estava de excelente humor. Não era verdade, mas realmente fiquei muito feliz com a novidade do bebê de Sissy. Lembro-me de ter comprado para ela um buquê de violetas, pensando que poderiam resistir à viagem de volta, mas devo tê-las esquecido ou deixado cair em algum lugar.

Melchett e eu planejáramos ir de carro juntos para o navio — seu motorista já se encarregara com antecedência da minha bagagem —, mas, quando me perdi dele no Café Royal, fui forçado a pegar o trem parador em Waterloo e, depois de uma "chocalhante" experiência passando por Woking, Winchester e Eastleigh, cheguei a Southampton para amargar maus pedaços empoleirado num novelo de cordas do lado de fora da Estação Ocean, tendo como único companheiro na escuridão vizinha um garoto que não parava de tirar objetos de dentro de sua mala ordinária. Meu pensamento ficou dando voltas; toda vez que eu me inclinava para a frente, uma quina da moldura do quadro que eu trazia dentro do paletó machucava-me o esterno. Em dado momento, o menino me dirigiu a palavra: "Que horas são, por favor?", mas não lhe dei resposta. Ele usava um cachecol branco em volta do pescoço que me fez pensar no morto sentado na cadeira de barbeiro.

Poüco depois de nascer o sol, uma série descontínua de homens uniformizados passou pelo Portão 4 e atravessou os trilhos do trem para alcançar a Ocean Road. Foi então que se abriram as portas do South Western Hotel e eu pedi um desjejum de arenques bem assados. Àquela hora havia apenas mais três clientes no restaurante do hotel, dois dos quais achavamse de costas para mim. Destes, um era uma mulher sobriamente vestida e o outro um tipo pesadão sentado sozinho numa mesa de canto, com uma das mãos constantemente atraída para o barbante que atava uma caixa retangular posta ao lado de sua cadeira. O terceiro ocupante, de meia-idade e usando óculos, estava sentado diante da mulher. Em seu rosto, mais para rechonchudo e no geral sem nada de marcante, chamava a atenção, no entanto, uma boca cujo lábio inferior era partido de cima a baixo, como se houvesse recebido um corte de faca; assim, rachado, dava-lhe uma aparência meio de debochado. Inclinando-se para trás em sua cadeira, falava com uma voz tão clara e com tal autoridade que em várias ocasiões pude pegar o sentido do que estava dizendo. Achei que se tratasse de um advogado, pois ele mais parecia estar conduzindo um interrogatório do que uma conversa.

"Você tem certeza de que não vacilará na sua vontade?... O que leva você a achar que tem força suficiente?... O que fará quando chegar o sucesso?"

A esta última pergunta a mulher respondeu com pouco mais que um sussurro. Eu tenho o dom da concentração, de modo que, embora naquele momento o garçom estivesse atiçando o fogo com carvões e chegasse até nós a barulheira dos pratos vinda das cozinhas separadas do restaurante por um cortinado verde, ouvi perfeitamente a resposta dela.

"Ora, ficarei feliz", foi o que ela disse.

Nessa hora o seu companheiro de mesa olhou à distância e encontrou o meu olhar. Sorriu de uma forma tão jovial que, pego de surpresa, fingi estar absorvido na vista da janela. O avermelhado da alvorada esfarrapava-se àquela altura, e o céu desbotado quase sumia bloqueado pelas gigantescas chaminés erguendo-se bem acima dos telhados da companhia de navegação instalada ao nível do cais. Acho que devia estar soprando uma brisa naquele momento, pois lembro-me de ter visto tremular as bandeiras de sinalização.

Tive o sentimento imediato, já então, de que o desconhecido de lábio partido era alguém cuja companhia eu poderia cultivar com proveito. Havia nele uma disposição vigorosa, uma arrogância que nada tinha a ver com dinheiro, e, se eu não estivesse atravessando um período de vitalidade arrefecida, teria respondido àquela primeira demonstração de receptividade de sua parte. Não sou, pelo menos não era, o tipo de pessoa que faça questão de manter distâncias, especialmente se houver a perspectiva de eu me divertir.

O homem com o embrulho retangular foi o primeiro a sair. Olhou para mim e cumprimentou-me com a cabeça ao passar. O cumprimento discreto e a elegante maneira como abriu seu caminho entre as mesas surpreenderam-me; sempre se espera dos homens de certa classe que sejam ao mesmo tempo desajeitados e desprovidos de autoconfiança; contrariando meu impulso natural, retribuí-lhe o cumprimento. Nesse instante o relógio sobre o console da sala fez soar as horas e a mulher ergueu-se de sua cadeira. O sujeito pesadão chegou até a porta e voltou-se pela metade. A expressão em seu rosto era tão franca, a admiração — para não dizer o desejo — que refletia era tão evidente, que resolvi olhar também para a mulher. Ela era singularmente alta para o seu sexo, escultural no porte e vestia um casaco justo com tecido escuro e uns enfeites de peles de pouco valor no pescoço e nos punhos. Do seu chapéu com abas caídas escapava uma mecha de cabelos claros. Não me lembro de ter notado desde a primeira vez a beleza dos seus traços, o nariz aquilino, a acentuada separação entre seus olhos de cor delicada — apenas a translucidez de sua pele. Não haveria exagero em dizer, ainda que com certa afetação poética, que a impressão causada pela perfeição luminosa dessa tez deslumbrante era a mesma que teria quem olhasse para uma pérola.

Talvez por coisa de uns cinco segundos, ficamos os três imobilizados, ele olhando para ela, ela olhando para ele, e eu olhando primeiro para um e depois para o outro. Ele estava sem chapéu e uma gota de suor escorria-lhe abaixo dos pêlos arrepiados da sobrancelha. Foi então que o quarto espectador, inclinando-se ainda mais para trás na sua cadeira, exclamou:

"É o que eu digo, que tragédia a vida, hein?"

Tão proposital e insolente era a intrusão que cheguei a enrubescer.

Minutos depois, ele também deixou a sala. Dessa vez, fingi que estava estudando o cardápio do café da manhã. Ao passar por mim, arranhou um pigarro, sem dúvida para atrair minha atenção. Não ergui os olhos; no estado de letargia em que me encontrava naquele momento, receei que pudesse decepcioná-lo. Embora eu não seja vaidoso, sei muito bem que minha aparência exterior suscita expectativas.

Quando ele se retirou, ainda fiquei uma hora ou mais no restaurante vazio, e durante esse tempo o trem de terceira classe vindo de Waterloo esfumaçou a plataforma da estação de West Road, despejando seus passageiros ao longo do cais da companhia White Star. Não mostrei maior interesse pelo gigantesco transatlântico que em breve me levaria de volta à minha terra, não obstante merecesse, por sua beleza, a mesma atenção dispensada à mulher alta que havia pouco deixara o hotel. E até uma atenção maior, já que, de forma modesta, digamos mesmo modestíssima, eu havia contribuído para a criação daquele navio. Dito isso, devo esclarecer que os pensamentos alimentados nesse intervalo voltavam-se em sua maioria para minha mãe, que nunca havia estado tão próxima ao meu coração.

Mergulhado em meus devaneios, enquanto seguia o movimento das nuvens acima do porto de Southampton, resolvi — e não pela primeira vez — dedicar o futuro imediato à busca da saúde do corpo e do espírito; piscina e tênis todas as manhãs, biblioteca à tarde, dois pratos apenas no jantar, nada absolutamente de álcool, e recolhimento à cama às dez o mais tardar. Tão logo confortei-me com a satisfação de conceber um regime de tal forma puritano, senti-me compelido a pedir um brandy. Não que eu fosse irresoluto por natureza, apenas fiquei abalado ante a perspectiva do que estava programando.

Tornei a ver o homem com o lábio partido quando saí à procura do carro de Melchett. Ele estava conversando com J. J. Seefax, um primo em segundo grau de minha tia e um chato de marca maior, sempre a discorrer sobre sua vida de rapaz na Geórgia, quando, como agente do Governo Confederado, ajudou a promover o bloqueio da Europa. Acho que ele também me viu, porque os dois viraram-se na minha direção, mas foi o exato momento em que o trem de passageiros de primeira classe fez sua chegada e logo dei com a figura de Van Hopper na plataforma. Acompanhavam-no dois outros caras, um dos quais eu conhecia ligeiramente e por quem não tinha grande simpatia. No mês anterior, numa festa dada por Laura Rothschild, ao saber que eu era aparentado com J. Pierpont Morgan — de quem me veio o nome que tenho — foi alardeando uma duvidosa familiaridade logo nos primeiros momentos que se seguiram à apresentação. "Minha avó", gabou-se ele, "era grande amiga do sr. Morgan. Quando criança, claro." Teve a audácia de dar uma piscadela. Não que eu me sinta superior a esnobismos — meus próprios começos foram bastante lamentáveis —, mas detesto esses tipos que rastejam, ou, noutras palavras, desprezo quem demonstra de modo evidente demais consideração especial por títulos de berço ou de posição social.

Posteriormente tivemos uma discussão num piquenique à beira do Tâmisa por ocasião da regata de Oxford versus Cambridge. Quando o primeiro barco afundou, ele esgoelou-se em exclamações de alegria e, quando o segundo fez água, ele se pôs a correr de um lado para outro na margem, aos gritos e atirando para o ar seu chapéu de palha. Disse-lhe para ficar quieto, mas ele nem ligou, então ameacei chegar às vias de fato, ao que ele respondeu jogando-se de costas no gramado e agitando as pernas no ar como um besouro. Acho que estava bêbado.

Van Hopper comentou que minha aparência não era das melhores, se bem que ele próprio não se havia barbeado e as botas estavam precisando receber uma escovadela com graxa preta. Ele quis saber o que havia acontecido na noite da véspera e deu a entender que ele e Melchett tinham esperado umas três horas, pelo menos, que eu aparecesse no Café Royal.

Eu gostava de Hopper, embora não confiasse muito nele, acho que é sempre preciso ficar com um pé atrás em relação àqueles que consideram o passado dentro de uma perspectiva diferente da nossa. Meu senso de injustiça é... era... mais agudo que o dele, e acredito em retribuição. Tampouco confundo os limites de meus próprios horizontes com aqueles do mundo. Os olhos redondos e as bochechas rosadas de Van Hopper traem a sua identidade; ele tem... tinha... o rosto de uma criança.

"Eu estava no Café", disse-lhe.

"O maître achou que o tinha visto, ou a alguém muito parecido com você. Que você estava segurando um buquê de violetas murchas e cantarolava o estribilho do *Barbeiro de*

Sevilha." Ele voltou-se para o seu amigo "besouro", que sorria a seu lado com afetação. "Você já conhece Archie Ginsberg."

"Não podia ser eu", protestei. "Não estava de modo nenhum com ânimo para cantar."

A família de Hopper e a minha tinham parentesco por afinidade, e possuíam em comum também o fato de que durante toda a vida as figuras paternas sempre preferiram passar seu tempo com mulheres outras que as esposas. Para Hopper foi pior, é claro, já que eu não tinha mãe que pudesse ser traída. Só bem recentemente foi que meu tio descobriu um senso de unidade familiar — é típico nos idosos esse desvio para o sentimentalismo —, e em nossa infância Hopper e eu passávamos a maior parte dos verões em casa de sua avó materna, no Maine. Quando evoco Hopper em meus pensamentos, vejo-o sempre com os joelhos erguidos até o peito, balançando-se nos galhos pendentes dos poeirentos salgueiros que se erguiam nos baixios do lago em Warm Springs.

Já rapazes, alojamo-nos juntos em Harvard, e eu esperei que entre ele e Sissy surgisse alguma coisa, mas ele era muito parado e ela um tanto séria demais para poderem dar certo. Ela é uma moça, afinal de contas, no entanto tem uma inteligência formidável. Levaram muito tempo desafiando-se na quadra de tênis, inclusive em noites de luar, mas ela jamais se enamorou o suficiente para deixar que ele vencesse. A meu ver, o marido dela, Whitney, é menos ativo ainda que Hopper. Em compensação, a ser verdade o que afirma Sissy, ele tem uns cílios que são do tipo capaz de fazer vibrar o coração das garotas.

Se Van Hopper estivesse desacompanhado, eu de bom grado teria ficado com ele, mas, dadas as circunstâncias, aproveitei o congestionamento da multidão na plataforma para escapulir-me e continuar sozinho. Diversas vezes fui cumprimentado por conhecidos, sendo que da última pelos Carter de Filadélfia, junto à prancha de embarque para a primeira classe, que amparavam pelos cotovelos um J. J. Seefax sem firmeza nas pernas.

"Morgan", chamou-me a sra. Carter assim que me viu, acenando com a mão que tinha livre, como a implorar-me sua ajuda.

"Está muito divertido!", respondi-lhe, e fui subindo a prancha com dificuldade, pois era só o que faltava se eu agora fosse me atrelar à obrigação de ajudar o velho decrépito até o seu camarote.

Na verdade, eu nem seria capaz disso, não sem auxílio de mapas e bússolas. Havia trabalhado como aprendiz de desenhista nos escritórios de engenharia naval de Harland & Wolff durante os onze meses que precederam o lançamento ao mar do navio, mas cuidei tão-só de uma única seção da popa no convés E, e o navio tinha oito conveses, cada qual com mais de duzentos e quarenta metros de extensão. Pouco familiarizado com a planta geral do imenso transatlântico, foi com muita dificuldade e depois de errar o caminho repetidas vezes que encontrei o meu beliche. Entrando a meio navio no convés B e bobamente evitando a escadaria principal, vi-me às voltas com uma barafunda de galerias e passagens internas, todas atravancadas com uma multidão de pessoas, o que me confundiu a ponto de tomar um elevador errado, em que se apinhavam outros passageiros como sardinhas em lata, e ir parar primeiro nas quadras de tênis do convés G, depois, lançado para cima no lado de estibordo, desembocar dentro do ginásio, no convés de escaleres. Aqui, esperava-me uma visão singular: a do sujeito pesadão que antes estivera tomando o café da manhã no restaurante do South Western Hotel, e que continuava agarrado à caixa retangular, sendo que agora com o chapéu enterrado na cabeça, cobrindo os olhos, e sentado de través num "camelo mecânico". Soube depois que ele se deixara convencer a ficar naquela posição pouco dignificante por um fotógrafo do *Illustrated London News.*

Quando finalmente cheguei a meu leito no convés C foi

um alívio encontrar minha bagagem não só devidamente instalada mas, inclusive, com seu conteúdo sendo transferido para os armários por obra de um camareiro atencioso que se dera ao cuidado de tomar informações sobre minha posição social. O resultado disso foi ele tratar-me com uma deferência que não incorria, entretanto, em exageros capazes de me levar a desprezá-lo; gosto de pessoas que conhecem o seu lugar, pelo menos o suficiente para que eu não tenha de pisar nelas. Disse-me que se chamava McKinley e, como é de praxe entre os que exercem esse ofício, mostrou-se mais que desejoso de tecer comentários sobre os demais passageiros. Como orgulhoso natural de certa aldeia escocesa com um nome impronunciável, e não um produto das massas indiferenciadas do meu país de adoção, seu trato com as pessoas chegava a ser quase sutil. Ante a minha queixa de haver tido um trabalho dos diabos para encontrar meu camarote, ele manifestou espanto e prometeu que informaria a respeito o chefe dos camareiros.

"Muito estranho, meu senhor", disse ele, "uma vez que os passageiros são em menor número do que esperávamos, por causa dos cancelamentos de última hora. O sr. Vanderbilt, meu senhor, deixou para telefonar somente ontem, apesar de que sua bagagem e seu criado já se encontravam a bordo. Acho que a mãe dele, a sra. Dressler, tem aversão a viagens inaugurais. O mesmo se passou com o sr. Frick, meu senhor, e sua família, que desistiram de juntar-se a nós em Cherbourg... Este é, sem dúvida, um gentleman para ninguém botar defeito..."

"Sim, sem dúvida", concordei. Minha concordância era insincera. Quando me formei por Harvard, meu tio tentou junto a Frick uma colocação para mim no império de aço do magnata. Este, ao preferir testar-me no castelo vulgar que construiu para sua residência na Quinta Avenida, em vez de fazê-lo em seus escritórios, pôs-me em desvantagem, porque sua sala de visitas era tão pesada com as paredes forradas de carvalho apainelado e tão obscurecida pelas janelas com cortinas de veludo que um belo dia não dei pela presença de seu cãozinho pomerânia adormecido na sala e tropecei nele. Ao ter as patas pisadas, o bicho saiu em disparada, ganindo, e enfiou-se embaixo da otomana. O tropeço infeliz foi desastroso para mim, porque, embora eu houvesse demonstrado preocupação e mesmo houvesse pedido desculpas, alguém comentou que minha boca havia rido na hora. O resultado foi um breve sermão em que se mencionou "sangue ruim" numa insinuação a propósito dos episódios que cercaram a minha primeira infância. Minha tia, quando soube dessa diatribe, chorou. Meu tio, depois de pedir-me, com irritação na voz, que tivesse mais cuidado e olhasse por onde caminhava, aconselhou-me a aceitar a recomendação de Frick para que eu procurasse emprego nas minas de ouro da África do Sul. Ainda bem que minha tia intercedeu a meu favor.

"A suíte do sr. Vanderbilt", continuou o camareiro, "foi ocupada por um cavalheiro que deveria viajar na segunda classe. Diz-se que ele vem de Manchester."

"Fica ao norte", disse eu, como se não tivesse certeza.

"De fato, meu senhor, e é uma cidade muito próspera. O cavalheiro em questão negocia no ramo dos tecidos." Nesse ponto o camareiro fez menção de tirar-me o capote. Afastei-o com veemência; a moldura do quadro continuava em choque com minhas costelas.

"Permita-me dizer, meu senhor", prosseguiu ele em sua tagarelice, "o quanto lamentamos não ter a companhia de seu tio nesta viagem. Imagino que com os compromissos de seus negócios..."

"O sr. Morgan", disse eu, "é voraz quando se trata de apetite por trabalhar", e receio que a afirmação tenha soado seca demais. Meu tio, possivelmente, naquele momento estaria passeando pela praia em Aix-les-Bains na companhia de sua amante. "O sr. Frick", acrescentei, "está igualmente sobrecarregado."

"Pelo que fui informado, senhor", respondeu o camareiro,

"o problema dele é mais do tipo de um dilema doméstico. Sua esposa quebrou o tornozelo."

Afinal retirou-se e fiquei só. Tirei o quadro de dentro do meu casaco e firmei-o sobre a penteadeira. Os olhos da moça mostravam-se menos perscrutadores do que quando ela os fixava da parede do corredor em Princes Gate. Tampouco parecia tão bonita, o nariz inclinado um pouquinho além da conta, a linha do maxilar um pouquinho pesada demais. Procurei uma semelhança de traços no meu próprio rosto refletido no espelho e não encontrei nenhuma.

O camareiro voltou com toalhas de banho. Disse que duas senhoritas ocupavam o camarote adjacente e tinham acabado de chegar. "Filha de um baronete", confidenciou-me, "viajando com acompanhante. Todas duas do tipo temperamental."

Descansei o quadro sobre a cama e saí à procura de Melchett.

Passavam alguns minutos do meio-dia quando enveredei navio acima pela escadaria principal. A julgar pelo número de pessoas que desciam às pressas, a partida devia ser iminente. Quase fui derrubado pelo sr. Ismay, que passou por mim numa carreira puxando atrás de si três crianças muito claras. Atrás, estampando no rosto a expressão habitual nos homens seguros da realização de suas mais caras esperanças, avançava com passadas largas Thomas Andrews, diretor administrativo e desenhista-chefe da White Star Line.

Embora Andrews não houvesse parado, saudou-me pelo nome, seguindo-se a observação-relâmpago de que era bom me ver e que precisaríamos nos falar mais tarde. Trabalhador infatigável, de uma reserva que ia além de qualquer medida, mais de uma vez havia feito uma pausa junto de minha prancheta nas rápidas visitas que fazia à oficina de desenhistas em Queen's Island. O trabalho que me haviam confiado nem merecia comentários, muito menos elogios — meu tio tinha uma crença lamentável nos efeitos nocivos do nepotismo e eu fui contratado para cuidar de especificações relativas a pias de banheiros nas áreas reservadas à terceira classe —, mesmo assim Andrews nunca deixou de me manifestar sua satisfação com meu desempenho. Era de esperar, claro, que ele demonstrasse um interesse especial por meu trabalho, sendo eu o sobrinho do proprietário da companhia de navegação, mas fiquei sempre pensando que ele gostasse de mim por eu ser como era.

Satisfeito com o encontro, saí no convés A e, por obra de persistência, consegui garantir para mim um lugar seguro na balaustrada alguns metros abaixo do passadiço. Fiquei encravado entre duas mulheres, uma empunhando uma sombrinha, a outra dando risadas. Agora restava em funcionamento apenas uma prancha de embarque, ao pé da qual o contramestre impedia uma dúzia ou mais de trabalhadores de subir a bordo. Imagino que eles houvessem esticado demais a permanência no bar mais próximo e, graças a isso, chegaram com atraso para apresentar-se no navio. Um deles jogou sua mochila com ferramentas para o alto e, tendo tentado driblar a vigilância do oficial agachando-se para passar por baixo de seu braço, acabou recebendo um safanão no peito que o atirou longe.

"Que horror", murmurou a mulher com a sombrinha, e ela também começou a rir.

De onde eu estava, podia ver o capitão Smith conversando com um oficial de bordo no convés acima. Eu gostava de Smith, embora não estivesse certo de conhecê-lo e avaliá-lo bem. Conheci-o quando eu tinha dezesseis anos e minha tia levou-me à Europa a bordo do ss *Adriatic*, então sob seu comando. Ele tinha um cachorro que vivia se babando e que eu levava todos os dias para fazer exercício, jogando-lhe biscoitos de gengibre no convés de passeio. Sendo eu então jovem e ávido de sensações, tinha a esperança, vez por outra, de que o biscoito escorregasse por um tiquinho de nada para fora de bordo e o cachorro se jogasse atrás para pegá-lo, o que não quer dizer que, se ele houvesse feito isso, eu não me mostraria chocado nem berraria de espanto como as demais boas almas presentes. Smith apareceu numa dessas manhãs e me surpreendeu fazendo a brincadeira. Não disse nada, mas tenho certeza de que percebeu minhas intenções porque naquela noite, durante o jantar, a trela do cachorro ficou presa acima da minha cadeira, onde eu não podia alcançá-la. Na mesma viagem seis membros da tripulação foram apanhados saqueando o depósito de bagagens da primeira classe. Minha tia queixou-se de ter perdido um estojo de pós-de-arroz que havia pertencido à sua mãe. Todos comentaram o indecoroso de tal procedimento e como um abuso de confiança era quase tão igualmente lesivo à vítima como àquele que o perpetrara. Minha tia sustentava que os ricos, por terem um senso de propriedade mais elevado, eram propensos a sentir essa traição mais agudamente que os pobres. Mais tarde ela descobriu que havia deixado o estojo em casa.

Vi quando o contramestre levou a mão à corda de amarração que segurava o navio. Um lamento em uníssono, por antecipação, fez-se ouvir do lado do cais, logo abafado no bramido de despedidas que emitiu o navio quando o vapor jorrou dos apitos gigantes a meio caminho da escalada para as chaminés dianteiras. Eles sopraram mais duas vezes, dispersando as gaivotas que revoluteavam em meio aos novelos de negra fumaça a desprender-se dos rebocadores empenhados em puxar o *Titanic* do cais para o rio. Um sol fracote fez sua aparição e a pintura do navio brilhou na luz.

A mulher do riso histérico, à minha esquerda, expressou seu desapontamento por não haver qualquer cerimônia comemorativa — nem bandas que selassem com música nossa partida, nem as saudações de praxe emitidas pelos navios ancorados nas proximidades. "Eu esperava algo assim como um espetáculo", queixou-se.

Quanto a mim, já me era indiferente àquela altura que as

coisas se passassem de uma ou de outra maneira, tendo eu chegado a um estado de espírito de total desligamento, resultante de uma noite sem dormir e um brandy duplo. À medida que o navio deslizava ganhando distância, e a cidade, como que empurrada por sua floresta cor de púrpura, retrocedia furtivamente na linha do horizonte, deixei-me levar para algum ponto acima do vertiginoso movimento em círculos das gaivotas enfumaçadas.

Lembro-me de a mulher com a sombrinha perguntar se não era magnífico ver o olhar de gratidão no rosto do tripulante rejeitado — ela o identificou como sendo um foguista —, agora que sua mochila de ferramentas tinha sido jogada de volta para ele no cais, e eu respondi que sim, sim, realmente magnífico, embora já não estivesse olhando para o cais mas para um convés abaixo, onde o homem com o lábio partido achava-se de pé ao lado da mesma mulher que lhe fizera companhia no restaurante do hotel. Ela se mostrava visivelmente agitada, inclinando-se num ângulo perigoso sobre a balaustrada e gesticulando como uma louca. Soprou uma brisa, ameaçando a estabilidade de seu chapéu, e ele nesse momento puxou-a para si pelos cotovelos, fazendo com que, numa meia-volta, ela ficasse de frente para ele. Na verdade, ele a estava sacudindo, ao que ela reagiu encolhendo-se. Meio de mau jeito — porque ela era pelo menos vinte centímetros mais alta do que ele —, afundou o rosto em seu ombro. Ele então falou com ela e, apesar de todo o tumulto em volta, tive a estranha sensação de ter ouvido o que ele dizia. "Nem tudo está perdido. Há sempre uma outra saída."

Recuperei-me do atordoamento e momentos depois recebia de Charlie Melchett um tapinha nas costas, com um chuveiro de desculpas pelo desencontro na noite da véspera.

"Fiquei de fato à sua procura", disse-me em altos brados. "Mandei o carro ir apanhá-lo em Princes Gate às quatro da manhã de hoje."

"A culpa foi minha", respondi-lhe no mesmo volume de voz. "Nem pense mais nisso."

"Eles disseram que não viam você há dois dias. Onde, diabos, você se meteu?"

"Já lhe contei a história toda ontem à noite", disse-lhe.

"Você embarafustou pela porta giratória como se fosse um dervixe, mas quando Hopper..." Cortou o que estava dizendo e pegou-me pelo braço. "Olhe, ali está mamãe. Ela nos viu."

Acenei diligentemente para os observadores, que se detiveram a fim de acertar o passo conosco, embora fosse impossível distinguir um rosto isolado no meio de tantos. Eu gostava sinceramente da gentil sra. Melchett, mas, pensando bem, quase todas as mães que conheci foram gentis comigo. Além do mais, chegáramos ao ponto em que as águas do cais encontravam-se com o limiar das águas marítimas e o navio começava uma guinada de noventa graus para bombordo. Fez-se sentir um tremor no convés quando os motores deram toda a força para combater a maré movendo-se em sentido oposto. As docas próximas estavam repletas de navios, entre eles o *Olympic*, retido por causa da recém-encerrada greve dos mineiros. A greve e a conseqüente incerteza quanto à data do embarque haviam motivado os cancelamentos de passagens para o *Titanic*. Minha tia telegrafara-me com a recomendação de que eu fosse para a França e lá me transferisse para o *Mauretania*, mas, como minha bagagem já havia embarcado e eu não queria perder a diversão de viajar com Melchett e Van Hopper, não mudei meus planos. E o que era mais importante: eu sabia que Thomas Andrews estaria a bordo.

O *Olympic* estava ancorado lado a lado com o SS *New York*, de cuja popa agora nos aproximávamos. Um homem de chapéu-coco corria de uma borda para outra no tombadilho, agitando os braços como se fossem as pás de um moinho. Quando passamos bem perto do casco, os dois navios balançaram por efeito do volume de águas deslocado; vi claramente as cordas de amarração afrouxarem, depois retesarem-se.

"Prometa que me matará", disse Melchett, alteando a voz, "no dia em que me pegar exibindo um chapéu-coco a bordo em pleno mar."

Alguns julgaram estar ouvindo tiros de revólver quando o *New York* rompeu suas amarras. O homem na popa pulou de susto na hora em que as espias do navio açoitaram o ar. A multidão recuou de imediato como uma onda sibilante. Hopper mais tarde jurava ter visto uma mulher ser chibateada pelo cordame na cintura e lançada a rodopiar no cais como um pião, mas eu duvido; ela certamente teria sido cortada pela metade. Por efeito do deslocamento d'água do *Titanic*, o *New York* começou a oscilar inclinando-se para o nosso lado.

Não creio que as mulheres na minha vizinhança de ambos os lados tivessem consciência do perigo por que passávamos; na verdade, a julgar pelos redobrados gritos em que se esganiçavam e pela maneira desenfreada com que a sombrinha girava nas imediações de minha cabeça, o incidente parecia proporcionar-lhes meramente o elemento de espetáculo que estivera faltando.

Assim que os rebocadores conseguiram controlá-lo com cabos, o *New York* teve a proa desviada para fora do nosso caminho. De qualquer modo, a operação levou uma hora ou até mais, ao término da qual o corneteiro do *Titanic*, anunciando a refeição do meio-dia a ser servida com atraso, percorreu convés por convés entoando "The roast beef of Old England". Melchett e eu, que estávamos sem fome, resolvemos dar uma volta pelo navio.

Uma hora depois não tínhamos avançado além do salão de fumar, reservado aos homens. Como Melchett observou gracejando, tempo era o que não nos faltava, e o navio não tinha como ir a lugar nenhum sem nós. Aquele pateta do Ginsberg estava lá; por sorte, absorvido numa conversa com um dos primos de Taft, fez questão de manter suas distâncias. De repente senti-me na maior animação, e isso nada tinha a ver com a cerveja que estávamos tomando. A sensação me pegou de surpresa, uma vez que até aquele momento eu não me apercebera de que estava infeliz. Um momento atrás teria sido a coisa mais difícil para mim tentar o mais fraco dos sorrisos, e logo em seguida me invadia essa esplendorosa avalanche de bem-estar que me deixava rindo à toa. Acho que tinha muito a ver com estar na companhia de Melchett. Não o conhecia tão intimamente como a Hopper, e isso quer dizer que não havia nada daquela sem-cerimônia que fica a um passo do desprezo e que é de hábito entre amigos de longa data. No mesmo instante bateu-me a consciência de que ele era o tipo do sujeito em quem se podia confiar.

Ele falava com entusiasmo sobre a magnificência do navio, comparando-o em concepção e monumentalidade visionária às grandes catedrais de Chartres e Notre-Dame.

"Uma catedral", reiterou, apontando seu charuto na direção do vitral acima do bar, "construída de aço e capaz de transportar uma congregação de três mil almas de um lado a outro do Atlântico."

"Levei um quadro da casa de meu tio", eu disse. "Por isso foi que você não conseguiu me encontrar esta manhã."

"Veja só", comentou, exultante. "Apesar de toda essa massa e velocidade, ele se move com uma tal elegância que nem a bebida se mexe dentro do copo." Bateu forte com o punho no braço da poltrona, em testemunho de sua admiração.

"Mudei-me para um hotel porque roubei um quadro, Charlie", insisti, e na mesma hora me arrependi de ter reformulado a frase.

Por um instante, achei que ele não me escutara. Ali sentado, com um lado de sua cabeça loura escurecido pelo reflexo vermelho-rubi da parede em mogno, ele ainda tinha os olhos brilhando de satisfação.

"Que quadro?", perguntou-me.

"De minha mãe. Pintado antes de eu nascer."

"Não era uma pintura", disse ele. "Era uma fotografia. Você insistiu em mostrar-nos depois que nos encontramos com Van Hopper no meu clube. Havia toda uma história fantástica de como ela lhe fora dada por um infeliz que acabou morto, sentado numa cadeira de barbeiro. Não fazia o menor sentido o que você contou."

"Um morto, *sim*, mas..."

"E o retrato não podia ter sido de sua mãe... a menos que ela fosse japonesa."

Com isto, senti-me mais animado do que nunca, pois, ao mesmo tempo que aliviara a consciência, milagrosamente evitara a censura. De qualquer modo, havia uma parte de mim que gostaria que ele houvesse escutado.

Pouco depois, Melchett mandou vir champanhe para brindar ao início de nossa viagem.

"Por estarmos vivos", disse ele, erguendo o copo na direção do teto. "Por sermos jovens e por termos a felicidade de estar aqui numa ocasião como esta." Em seguida a uma tal explosão de sentimento, enrubesceu; era um inglês, afinal de contas.

Sentia-me como se devesse protegê-lo; era tão garoto! Nunca tive um irmão, além de que jamais conhecera mãe ou pai. As mulheres são capazes de criar qualquer ser que seja suficientemente pequeno, mas acho que os homens precisam de alguém que seja de seu próprio sexo para despertar neles um instinto isento de possessividade. Charlie estava com dezenove anos e eu com vinte e dois, e esses três anos poderiam valer por uns trinta se fosse possível medir uma diferença de inocência.

Bebemos só o suficiente para aguçar nossas percepções, de modo que, quando iniciamos nossa inspeção do navio, imagino que tivéssemos afrouxado um pouco aquele véu cinzento de sofisticação que é comum à nossa classe social.

Melchett tinha muita vontade de visitar o convés E para ver um amplo corredor conhecido entre a tripulação pelo nome de Scotland Road, associado a uma certa rua de Liverpool, e que atravessava o navio de ponta a ponta. Ele visitara em criança aquela cidade do Norte, contou-me uma vez muito empolgado, na ocasião em que se disputava o Grand National Steeple-Chase e havia um cavalo que corria defendendo as cores de seu avô. Fui logo lhe avisando, baseado na experiência que eu tinha dos encanamentos labirínticos da terceira classe, que era muito pouco provável ele encontrar a tal passagem guiando-se por mera associação com cavalos de corridas, mas ele não quis saber. Descemos pelo elevador e perambulamos em idas e vindas por um corredor com piso ladrilhado que, de tanto em tanto, era interrompido por escadas de ferro em comunicação com dependências de serviço da mais indescritível monotonia. Melchett, que se vinha esforçando duramente para não desanimar, acabou entregando os pontos.

"Qual é o sentido de dar nomes a lugares que não guardam nenhuma semelhança com o passado?"

"O sentido está", enfatizei, "em que eles chamam a atenção para a origem da referência. Pense na estação de Waterloo."

Em seguida a esse diálogo tivemos a sorte de encontrar um jovem marujo que se deixou convencer a guiar-nos nos conveses inferiores. Relutante de início, depois estimulado pela promessa de uma boa gorjeta, desceu conosco. Embora de pequena estatura, os olhos brilhavam-lhe de inteligência. Disse chamar-se Riley e ser de Liverpool, onde morava com sua mãe e cinco irmãos. Consideravelmente animado diante da coincidência, Melchett gabou-se de conhecer muito bem a cidade.

"Meu avô", disse, "era proprietário de um cavalo que terminou em segundo lugar no Grand National de 1901... Já fiz tudo para me lembrar do nome, mas não consigo."

"O pai", replicou Riley, "tinha um jumento chamado Dickey-Son que puxava uma carreta com objetos usados que ele comprava e revendia." Melchett comentou que era interessante e mais uma vez enrubesceu.

A não ser por uma certa displicência de compostura, Riley revelou-se o melhor dos guias, pois, ainda que o inglês por ele falado pudesse ganhar com a ajuda de um intérprete, o conhecimento que tinha do navio era profundo e seu entusiasmo contagiante. No convés F, do lado de estibordo, por baixo do qual estavam alojadas as máquinas, ele deu uma aula sobre sua capacidade e potencialidades. Pelo que entendi do que nos informou, o navio tirava sua energia de duas máquinas a vapor, de vaivém, de quadro cilindros. Cada uma delas produzia quinze mil HP em setenta e cinco rotações, resultando numa velocidade de vinte e um nós. Atrás dessas máquinas, uma turbina de baixa pressão reciclava o vapor das máquinas principais para dar força aos três hélices. Ele estava errado quanto a esta última afirmação, já que somente o último hélice era assim impulsionado, mas deixei passar sem dizer nada.

"Também dispomos de quatro geradores de quatrocentos quilowatts movidos a vapor", disse ele, "com dínamos capacitados a fornecer energia elétrica suficiente para fazer funcionar a maquinaria que controla os vários tipos de guindastes a bordo, os elevadores de passageiros e de serviço, aquecedores, aparelhagem das cozinhas, portas à prova d'água com dispositivo para fechamento automático, rede telefônica interna e os aparelhos para comunicação sem fio (telégrafo) de Marconi, com um alcance de trezentas e cinqüenta milhas." E acrescentou: "À noite o alcance é ainda maior. Só que não faço a menor idéia por quê".

Melchett, aproveitando-se descaradamente do entusiasmo do rapaz, forçou a possibilidade de dar uma olhada naquelas maravilhas. E uma olhada foi, realmente, tudo o que conseguimos; não mais que um minuto depois de termos chegado ao convés G e Riley ter puxado para trás com grande esforço a porta de ferro da casa de máquinas número 1, logo se aproximou de nós um engenheiro-assistente que nos mandou cuidar de nossa vida. Por mais breve que tenha sido aquela visita, deu para que víssemos claramente o terrível monstro erguendo-se sobre suas pernas espalhadas que se apoiavam no antro reluzente situado abaixo, sua gigantesca cabeça vibrando dentro do capacete de aço, seus ruidosos intestinos formados por pistões lubrificados e eixos-manivela deslocando-se para cima e para baixo em moto-perpétuo.

Riley recebeu ordens para retirar-se. E envergonha-me dizer que nem Melchett nem eu proferimos uma palavra sequer em seu favor, nem houve tempo para passar-lhe alguma gorjeta que fosse. Escoltados pelo engenheiro, fomos reconduzidos de volta, depois de muitos desvios e serpenteios e muito ruído de nossas pisadas ao descer as escadas de ferro, até o convés E, onde, não sem antes ter nos lembrado severamente de que visitas não autorizadas às casas de máquinas e caldeiras contrariavam as regras de segurança do navio, ele nos deixou por nossa conta. Poderia ter-lhe dito quem eu era e tê-lo posto no seu lugar, logo eu que já tinha passado por esses rebaixamentos em tantas ocasiões, e com motivos mais justificados, por obra do meu tio Morgan.

Melchett e eu permanecemos em silêncio enquanto continuávamos nossa inspeção do navio; mesmo depois de ela terminada e nós termos nos afundado nas poltronas de couro do saguão do convés A, ainda continuávamos sem palavras. Mudos de espanto, não pelo mobiliário luxuoso dos locais de uso público, não pelas portas com incrustações de madrepérola, nem pelos corredores revestidos com painéis de carvalho ou madeira de ácer, nem pelo brilho dos dourados e metais e vidros gravados; tampouco pelos candelabros de vinte e uma lâmpadas que pendiam da cúpula maciça acima da majestosa escada imperial. Passáramos nossas vidas em residências suntuosas e hotéis de grande luxo, de modo que para nós não havia nada de novo sob o sol — em matéria de opulência, quero dizer. Foi a sublime termodinâmica da engenharia naval do *Titanic* que nos cortou a respiração. Deslumbrado, eu estava pensando que se o destino do homem se achava ligado à ordem do universo, e se era possível igualar o funcionamento cientificamente construído das máquinas ao do universo, em perfeita reciprocidade, então, meu Deus, nada poderia dar errado no meu mundo.

Não sei no que estava pensando Melchett, só reparei na sua palidez e no fato de que seu joelho esquerdo ia para cima e para baixo, como se imitasse a oscilação das hastes conectoras abaixo da linha-d'água. Foi bem então que o velho Seefax chamou pelo meu nome. Ele transpunha cambaleando as portas do convés de passageiros da primeira classe, apoiado entre um empregado do serviço de bordo e o homem com o lábio partido. Atrás deles caminhava, empertigando-se todo, o indivíduo corpulento que eu tinha visto pela última vez no "camelo mecânico" do ginásio de bordo. Ergui-me de um pulo e ofereci minha poltrona a Seefax.

"Morgan", disse ele, "afinal por que é que seu tio não se encontra a bordo?"

"Negócios", eu disse.

"Conversa! Ele estava em cruzeiro no Nilo a semana passada."

"O que provocou um ataque de gota", ocorreu-me dizer. "Aconteceu de repente."

Eu estava a ponto de me enrolar mais naquela mentira quando tive a atenção distraída pela vista de uma mulher escultural que subia a escadaria principal. Ela acenou com a mão em minha direção.

"Você já foi apresentado a Scurra?", perguntou Seefax. "Seu tio o conhece."

"Ele não me *conhece*", corrigiu o homem do lábio partido. "Mas tivemos contatos no passado."

"Prazer em conhecê-lo, sr. Scurra", disse-lhe, estendendo-lhe a mão.

"Deixe o 'senhor' de lado", repreendeu-me. "A experiência que eu tenho é de que esses tratamentos cerimoniosos criam barreiras. Com você também já não aconteceu o mesmo?"

Examinava-me minuciosamente através das grossas lentes de seus óculos; tinha os olhos mais para pretos do que para castanhos.

Eu disse:

"Acho que alguém está procurando por você."

Ele olhou por cima dos ombros e viu a mulher. Ela se dirigiu a ele em voz alta:

"Estamos perto de Cherbourg... Ele vai estar lá com certeza."

"Espero que sim", disse ele, "para que você fique tranqüila." E em seguida voltou-se para mim.

Ela ficou por ali um momento antes de sair para o convés, como se à espera de que ele se juntasse a ela. Devo reconhecer que eu estava desconcertado; a despeito da afabilidade de suas maneiras e do ar de autoridade ligado à sua pessoa, ninguém que fosse verdadeiramente um cavalheiro trataria sua mulher de modo tão grosseiro, muito menos se se tratasse de sua amante.

Como se fosse capaz de ler meus pensamentos, exclamou:

"Mais uma donzela em apuros. Elas estão em toda parte, meu caro." E riu-se tão expansivamente que não consegui evitar um sorriso.

Acomodando-se no braço da poltrona de Melchett, ele tirou os óculos e começou a esfregá-los com o lenço. Olhando para mim, disse:

"Pelo que estou sabendo, você trabalhou como projetista na equipe de Thomas Andrews."

"Como desenhista, simplesmente", respondi-lhe, meio na defensiva. "Ligado sobretudo aos detalhes de encanamento das banheiras." Mesmo então eu quis impressioná-lo, mas um sexto sentido me dizia que ele perceberia essa intenção. Sem os óculos, deu para perceber que seus olhos eram cinzentos e não castanhos.

Ele disse:

"Andrews é um homem curioso. Diferentemente de muitos que consideram a sucessão como um direito, ele acredita em afirmar-se e provar o seu valor por sua própria iniciativa. Acho isso muito chato, você não? Ele também acredita no destino."

"No destino?", repeti como um eco.

"Tudo é decidido pelos deuses. Uma idéia consoladora, não lhe parece, já que tira toda a culpa do indivíduo?"

"É verdade", disse eu, embora não soubesse ao certo com o que estava concordando. Não me sentia à vontade conversando com ele. Sem falar que, por um lado, a conversa parecia orientada no sentido de desviar do lábio partido os olhos de seu interlocutor, tudo o que ele dizia era expresso de uma tal maneira que exigia resposta, e nada menos que uma resposta cuidadosa. Ele era incapaz de puxar uma conversa fiada.

"Melchett e eu descemos às casas de máquinas", fui logo dizendo. "Ficamos os dois muito impressionados." Cutuquei Melchett no ombro, mas, embora ele tenha erguido os olhos, era por demais delicado para interromper a fala desalinhavada de Seefax. Scurra esteve observando o sujeito gordo que adotara uma postura elegante de dançarino de balé, com o calcanhar de um dos pés colocado em ângulo aberto com o do outro e a cabeça virada teatralmente para o lado, na direção das portas por onde a mulher alta havia saído.

"Eu não gostaria", prossegui dizendo, "de me atravessar no caminho dessas máquinas. Elas podem partir uma pessoa pela metade."

"Minha boca", disse Scurra, "ficou assim depois de um bate-papo com uma arara enquanto eu percorria uma loja de departamentos na Cidade do Cabo..."

"Perdão", gaguejei, "eu não quis..."

"Na época eu tinha apenas seis anos. Minha mãe estava

com a idéia fixa de comprar uma fazenda para um vestido. Soltou a minha mão e foi seguindo adiante. A ave tinha uns olhos que eram como bolas de gude. Pus-me na ponta dos pés para acariciá-la e cheguei tão perto que deu para sentir o cheiro de serragem nas suas asas sem exercício. 'Nem tudo está perdido', grasnou ela, ao que petulantemente repliquei: 'Que foi que se perdeu?' A gente sempre deve esforçar-se por entender o que lhe é indagado, não lhe parece? Pois bem, procurando a melhor posição no poleiro, ela investiu com a cabeça para baixo e bicou a minha boca. Disseram que o sangue espirrou como se estivesse jorrando de um bule de chá."

Ele recolocou os óculos, ergueu-se do braço da poltrona com um falso suspiro e, pegando o gordo pelo cotovelo, declarou que estava na hora de darem uma volta pelo convés. O gordo parecia dominado por uma espécie de transe; não disse uma só palavra enquanto era conduzido até o elevador.

Tentei descobrir com J. J. Seefax como era que Scurra ganhava a vida, e de que maneira ele poderia ter se relacionado com meu avô. O velho não foi muito explícito.

"Acho que nos conhecemos em Boston...", disse ele, "ou talvez em Paris. A gente anda por tantos lugares..."

"E quem é o homem que estava com ele?"

"Que homem?", perguntou, e mais não consegui que me dissesse.

Voltei ao meu camarote, chamei pela campainha o camareiro e pedi-lhe que me acordasse às cinco e meia. Ele quis saber se eu gostaria de uma limonada para reanimar-me ao despertar, ou algo mais forte. Para encerrar o assunto, mandei que trouxesse chá.

Meu quarto estava decorado em estilo Luís XVI; havia uma gravura medíocre, reproduzindo a Bastilha, pendurada na parede acima da escrivaninha. De um ímpeto, troquei-a pela pintura do retrato de minha mãe.

Estirei-me na cama com a esperança de que seus olhos

velassem por mim, mas eles se dirigiam a um ponto situado além da minha cabeça. Ausente do começo ao fim, pensei, e mergulhei no sono.

O jantar, aquela noite, foi agitado. Nosso mundo era pequeno, e entre a sopa e o peixe constantemente inclinávamos a cabeça para cumprimentar esse ou aquele desconhecido; não fosse pelo tremor intermitente e quase imperceptível das luzes elétricas, a sensação era a mesma que teríamos jantando no Ritz em Paris. Os Theyer detiveram-se diante de nossa mesa, os Daniel, a sra. Snyder, os Spedeen de Tuxedo Park, o coronel Gracie, a encantadora sra. Hogeboom com a excessivamente rica e excêntrica sra. James Brown, acompanhada de seu parceiro de bridge de Denver. A última, como de costume, estava impropriamente vestida, com um chapéu gigantesco que tinha atravessado em sua aba um pássaro empalhado completo. O coronel Astor e sua jovem noiva passaram sem esboçar qualquer cumprimento, deixando Ginsberg levantar-se à toa e estender a mão como um idiota. Ele disse que conhecia Vincent, o filho mais velho do coronel, com quem se tinha exercitado em esgrima muitas vezes.

"Esgrima com espada ou com palavras?", perguntou a maldosa Molly Dodge, mas ele não lhe fez caso.

A nova sra. Astor era muito clara e alta como o marido, os dois parecendo que tinham acabado de sair de uma discussão acerba. Estiveram viajando pela Europa durante meses, à espera de que o escândalo do divórcio dele esmorecesse. Sentaram-se à mesa do capitão Smith, junto com os Straus e com Bruce Ismay, e pareciam exaustos ao ocupar seus lugares; nele, beirando os cinqüenta anos, o nariz comprido e melancólico dir-se-ia importunar os bigodes; nela, mal tendo completado os dezenove, a cabeça inclinada sobre o pescoço dir-se-ia uma flor sem conseguir aprumar-se sobre sua haste.

Benjamin Guggenheim embarcara em Cherbourg com

sua amante, Kitty Webb. Eu havia dançado com Kitty uma vez num baile de caridade e achei-a uma figura tocante; confessou-me que roía as unhas. Tinha protuberantes olhos azuis, uma boca pequena e uma mãe que — diziam — havia trabalhado na enxada em plantações de milho. Guggenheim a descobrira entre as coristas que dançavam em *Naughty Marietta*. Comentava-se que ele se apaixonara por ela depois de ela ter se desmanchado em lágrimas e de ter saído correndo do palco enquanto a orquestra tocava "Ah! sweet mistery of life" [Ó doce mistério da vida!]. Como Guggenheim não tinha fama de sensível, achou-se que isso não passava de uma lorota pura e simples.

Quando Kitty deu uma parada diante de nossa mesa, fez-me festa no rosto com uma das mãos.

"Morgan", murmurou. "Que emoção ver você!"

Ginsberg gabou-se de que a conhecia, é claro. Garantiu que ela realmente amava Guggenheim e que isso não trazia nenhuma vantagem para ela. Não fiquei muito convencido, a julgar pelo tamanho das safiras no colar que trazia ao pescoço, e externei meu ponto de vista. Wallis Ellery lançou-me um daqueles seus olhares e disse que eu havia feito uma observação de todo vulgar, o que me deixou murcho, embora risse para disfarçar.

Diálogo curioso foi o que ocorreu quando Melchett levantou-se de imediato à aproximação de uma mulher que vinha com um acompanhante que era como um boto rosado. Ele estava a ponto de cumprimentá-la, quando a mulher soltou à queima-roupa:

"Nosso nome é Morgan."

"É verdade", disse o seu companheiro, acrescentando com exagerada ênfase: "Somos conhecidos em toda parte como o sr. e a sra. Morgan."

Melchett mostrou-se bastante estupefato, em face do que a mulher selou os lábios dele com o seu dedo e disse:

"Charlie querido, nem mais uma palavra." E seguiu em frente, imperturbável.

"Que coisa mais esquisita!", disse Melchett.

"Que Morgan são esses?"

"Não têm nada de Morgan", respondeu-me ele. "Eram lord e lady Duff Gordon."

Éramos oito à mesa; Hopper, Melchett, Ginsberg, George Dodge, sua meia-irmã Molly, as irmãs Ellery e eu. Ida Ellery não era bonita, e a isso talvez se devesse a simplicidade e a naturalidade com que tratava as pessoas. Todos éramos loucamente apaixonados por sua irmã Wallis, tão inteligente como Sissy e absolutamente inacessível. Em companhia de Wallis ficava impossível não fixar os olhos nela, e esse era um gesto perigoso — porque se ela pegasse a gente olhando e se estivesse a fim de retribuir o olhar, a expressão do retorno era tão crítica e debochativa que petrificava o atrevido no ato. Tinha olhos escuros e calorosos, uma boca de lábios cheios, descorados, e logo acima do lábio uma levíssima sugestão de penugem com reflexos castanhos ao ser tocada pela luz. Ninguém jamais ousara flertar com Wallis. Dançar com ela era como estar segurando uma chapa de vidro; Hopper acertou em cheio quando se queixou de que ela o fazia sentir-se como se deixasse marcas digitais cada vez que a tocava.

Todos expressamos grande admiração pelo salão de jantar — todos, isto é, com exceção de Wallis. Na opinião dela, decorar uma sala em estilo Jaime I e depois pintar de branco os lambris era uma paródia grotesca. Quanto aos vasos de cor creme arrumados com lírios brancos, meu Deus, a sensação que lhe davam era de estar num enterro.

"O cheiro lembra, de fato, o de uma casa de flores", concordou essa gracinha de pessoa que era Ida, capaz de vender a própria alma a troco de estabelecer a paz.

"Mas não vem dos lírios", exclamou Molly Dodge, "vem de Ginsberg, que foi ao barbeiro." E franziu, sublinhando sua crueldade, o saliente nariz.

"É a última moda em colônia francesa", esclareceu ele, nem um pouco diminuído pelo gracejo.

"Ninguém há de ver Morgan entrando num salão de barbeiro", disse Hopper, e em seguida fez o relato, numa versão bastante fantasiosa, do meu encontro com o moribundo em Manchester Square.

"Ele não morreu na cadeira", eu disse. "Nem estava coberto de sangue. Morreu de maneira tranqüila, provavelmente de um ataque do coração."

"E como você sabia que ele estava morto?", perguntou Wallis.

"Porque morreu nos meus braços... em plena rua."

Ela teve um arrepio, mas insistiu:

"Mas como você ficou sabendo? A aparência dele era qual...?"

"Era bem alto", eu disse. "E com cabelos escuros."

"Não a aparência *dele*", disse ela. "A aparência, os sinais da morte. De onde vinha a impressão de morte?"

Reparei nas mãos dela. Um dos dedos não cessava de acariciar o pulso da outra mão. "A gente sempre deve esforçar-se por entender o que lhe é indagado", pensei.

"Como se uma luz se houvesse apagado", disse, e lhe teria contado mais não fosse sua irmã Ida ter se arrepiado toda e ter me pedido para falar de alguma outra coisa menos sinistra.

Bebemos muito. Assim que notei minha voz soando mais alto, fiquei contrariado comigo mesmo, mas já então tarde demais. A maioria de nós se havia acostumado com o álcool desde muito jovem. Em Harvard só os "cê-dê-efes" e os atletas mantinham-se abstêmios; a gente de alta-roda tinha o hábito de beber até cair.

O álcool subiu à cabeça de Ginsberg bem depressa. Ele e George Dodge tinham iniciado uma discussão sobre a Alemanha e em pouco tempo a conversa se desviou da superioridade da marinha alemã para a tese defendida por Ginsberg de que só havia dois impulsos que predominavam sobre todos os demais: a fome e o instinto sexual. Em sinal de respeito às moças, e por timidez, George parou de discordar assim que percebeu em que direção soprava o vento. Mas Ginsberg não se deixou calar.

"A fome", disse em altos brados, cortando o queijo em seu prato, "é fácil de satisfazer, ao passo que o outro..." E, nesse ponto, respirou forte pelas narinas como um cavalo.

"Há outro impulso", disse eu. "O tédio. Que nunca falta quando você está por perto."

"Aí não se trata de um impulso", corrigiu ele. "É meramente um sentimento."

Não gostei de ter agido como quem ensina às pessoas o que devem fazer, mas, no caso de George, sempre tão desejoso de unir-se à maioria, era inevitável. E serviu mesmo para calar Ginsberg.

Não que as garotas demonstrassem qualquer perturbação; a julgar pelo modo sereno com que observava a sala, Wallis nem sequer escutara coisa alguma. E, quanto a Molly Dodge, duvido que exista no mundo algo capaz de desconcertá-la. Desde menina ela era petulante, ao contrário de George, que sempre foi acomodado e continuou sendo. Ele gozava de regime especial entre os estudantes de St. Mark, interno no colégio durante os dias de semana e — alegadamente devido a uma saúde delicada, mas percebemos que seu pai queria era mantê-lo em rédea curta — voltando para casa toda sexta-feira à noite no trem particular da família (um trajeto de meia hora). Os Dodge moravam em Manchester-by-the-Sea, em Apple Trees, mansão colonial no litoral do Norte, e às vezes George me convidava para passar o fim de semana em sua casa. Ele e eu não éramos grandes amigos, mas valia a pena livrar-me do colégio uma vez ou outra e, além disso, George era carente e eu achava que lhe devia esse apoio, por ter tido sempre a felicidade de não me ver esmagado pelas circunstâncias. No outono o litoral se via envolto numa neblina e durante todo o jantar ouvia-se o lamento melancólico das buzinas de cerração; a cada vez que o som era emitido, Molly sussurrava:

"Isso foi um peido, Morgan?"

Ginsberg estava sempre renovando a bebida no meu copo. Justiça lhe seja feita, podia falar demais mas não era antipático e, afinal de contas, apenas externava o que os demais sentíamos. Gastávamos a maior parte do nosso tempo pensando no que poderíamos fazer com as mulheres se tivéssemos uma oportunidade. Havia puteiros que podíamos freqüentar, é claro, mas com moças do nosso próprio círculo não tínhamos a menor chance de tentar sequer um pouco do que havíamos aprendido, o que nos tornava incapazes de um comportamento natural em sua companhia. Em nossos melhores momentos — que, por sorte, eram predominantes — pensávamos nelas como irmãs ou mães e as tratávamos de acordo; nos piores apareciam-nos como putas complacentes — só que ocultávamos essas especulações indecorosas por trás de uma atitude geral de consideração piegas. Ajudava-nos pensar que as outras gerações haviam sabido lidar com isso; mesmo assim eu me perguntava, vez por outra, onde seria que o amor dava um jeito de aparecer.

De repente tive consciência de que Wallis olhava para mim, e sem indiferença. A situação era tão inusitada que perdi a calma e fingi estar profundamente interessado no que se passava à minha volta. Um garçom deslocava-se, dando guinadas, ora aproximando-se, ora afastando-se das mesas, erguendo bem alto na palma da mão uma grande bandeja que brilhava na luz; era tão pesada que o obrigava a girar, abaixar-se e reerguer-se para manter o equilíbrio, um verdadeiro malabarista, o que me levou a aplaudi-lo e gritar para ele: "Bravo!". Da plataforma enfeitada com palmeiras nas bordas vinha o planger de instrumentos de corda e o tinido insistente de um piano, o esforço da orquestra do navio para se fazer ouvir acima daquele incessante tumulto de conversas contrapondo-se umas às outras.

"Morgan", disse Wallis, e depois ficou em silêncio, embora continuasse olhando para mim.

"Sim", eu disse, e esperei. Vendo como hesitava, achei que estivesse para desculpar-se por ter-me criticado tão severamente a propósito das safiras de Kitty Webb. Desculpar-se não seria propriamente o estilo dela, mas talvez quisesse de algum modo atenuar o efeito de suas palavras. Afinal de contas, *vulgar* era um termo meio forte para comentar algo que não tivera a intenção de ser mais que uma pilhéria.

"Aquele homem", disse ela finalmente. "Quem é?"

"Sinto muito, mas não indaguei", disse eu, esvaziado de minhas esperanças, "o que fiz foi simplesmente deitá-lo na calçada, tocar a campainha da casa mais próxima e pedir que chamassem um guarda."

"Não, não era...", começou ela.

"Quando o guarda chegou, mas isso levou tempo..."

"Morgan", interrompeu-me.

"Expliquei-lhe que nunca tinha visto aquele homem antes na minha vida e fui para casa."

"Não estou falando do homem que morreu na calçada", disse ela. "Estou me referindo àquele que..." Mas antes que ela pudesse esclarecer-me, Molly Dodge arrastou para trás sua cadeira e disse que queria dançar.

Fomos em fila para a pista de baile. O jovem Melchett tinha migalhas grudadas no seu bigode amarelo. Wallis Ellery caminhava ondulante a meu lado, o jogo dos braços destacando as longas luvas brancas. Quando abri as portas, ela se ergueu nas pontas de seus sapatos de cetim.

A banda ainda não havia chegado, de modo que Ginsberg e os outros caras foram para o salão de fumar vizinho ao salão de baile. Prometeram voltar assim que ouvissem a música. Eu poderia tê-los seguido, se Wallis não houvesse resolvido sentar-se a meu lado. Isso me deixou zonzo. Durante meia hora, pelo menos, ela pouco falou com Molly ou com Ida. Embora eu não possa pretender que ela tenha ficado presa às minhas palavras, a verdade é que se mostrou muito delicada e atenciosa comigo. Molly ficava o tempo todo revirando os olhos e dando risinhos significativos.

Falamos algum tempo de Sissy e do bebê. Ela considerava Sissy muito corajosa por ter resolvido passar pela experiência toda, mas acreditava que valesse a pena. E gostava sinceramente de Whitney.

"Sissy escolheu-o por causa de seus cílios", disse-lhe.

"Muito sensato da parte dela", comentou. "Daqueles, pelo menos, pode-se ter certeza de que são autênticos."

Declarei que estava muito inclinado a ter filhos, um pensamento que nunca antes me passara pela cabeça.

"E farei que sejam cuidados direito", acrescentei.

"Sim", disse ela. "Eles deveriam sempre ser cuidados, não é mesmo?... Seja por quem for."

Sissy, que gostava de Wallis, dizia que a inteligência da amiga era produto do conflito. Seu pai tinha uma penca de "garotas" e a mãe por duas vezes tentara suicidar-se. Seu último esforço frustrado, quando ela se jogou do primeiro andar de sua casa citadina em Boston, resultou numa lesão da coluna e no confinamento em uma cadeira de rodas. Eu não tinha tanta certeza de que a inteligência brotasse desse tipo de coisa. Em nosso círculo, tais contrariedades familiares eram episódios banais, e a estupidez também.

Ela inclinou-se mais para perto e olhou-me dentro dos olhos. Segurar esse olhar foi tudo o que consegui fazer para que meus lábios parassem de tremer. Ela queria saber o que eu estivera fazendo em Londres nos dois últimos meses e como era possível que não nos houvéssemos encontrado casualmente. Expliquei-lhe que passara uma boa parte do tempo com a família de Melchett em Dorset, e, no mais, absorvera-me ocupando-me dos negócios de minha própria família.

"Que tipo de negócios?", perguntou-me como se de fato fosse do seu interesse. "Não me diga que se sente atraído pela atividade de banqueiro, Morgan!"

Muito encorajador. Mentalmente, declamei "Darling, you are my best girl", apesar de que, por mais romântico que eu estivesse me sentindo, os olhos dela, brilhantes como cristais, penetravam afiados cortando meus desejos. Eu disse que fora mandado para supervisionar o transporte da coleção de arte européia de meu tio, agora que as taxas de importação tinham sido abolidas nos Estados Unidos. Não era rigorosamente a verdade. Era Jack quem se encarregava desse tipo de coisa, embora eu de fato houvesse assinado documentos em nome do consórcio.

"Você está querendo me dizer", gritou ela, "que todos aqueles maravilhosos Rubens e Rembrandts estão lá embaixo no depósito neste exato momento?"

"Não", disse-lhe. "Houve um adiamento por causa da greve dos mineiros. Eles vão ser despachados depois."

"E você tornará a voltar para acompanhar a operação?"

Disse-lhe que achava que provavelmente não. Seguiu-se um aborrecido intervalo em que ela insistiu comigo para que explicasse a quanto montavam as taxas de importação. Eu próprio não tinha uma idéia muito precisa a respeito e tentei mudar de assunto, alegando que no ano anterior havia trabalhado no projeto do *Titanic*, embora não mencionasse minha vinculação com os encanamentos.

Ela não pareceu disposta a largar o tema dos quadros de meu tio, ou, mais propriamente, as dificuldades que cercavam a transferência deles para os EUA — o que, ao mesmo tempo que não me deixava à vontade, era uma decepção para mim. Pensei que nossa conversa fosse ter um desenrolar muito diferente e, na minha animação, chegara a aninhar a intenção de propor um passeio pelo convés.

"É uma tremenda responsabilidade", disse ela, "ter a seu cargo obras de arte tão valiosas."

"Teria sido", disse eu.

"Mas, claro, você tem sócios a bordo."

"Que sócios?", perguntei. "Não tenho nenhum sócio."

"Pensei ter visto você com alguém no saguão... isso antes de termos saído de Cherbourg."

"Eu estava com Melchett", disse-lhe. "Fizemos um giro pelos conveses inferiores. Uma experiência e tanto! Quem sabe amanhã você não gostaria que eu lhe mostrasse como é lá embaixo. Como membro da equipe de projetistas do sr. Andrews posso ir aonde quiser."

"É, quem sabe?", disse ela, sem entusiasmo, e algo assim como uma iluminação que lhe provinha da alma apagou-se nos seus olhos; pouco depois, voltando-se para o outro lado, deu sua atenção a Molly Dodge.

Ofendido, saí para o salão de fumar, onde encontrei Charlie Melchett anotando cálculos no dorso de um envelope. Ginsberg tinha sugerido a idéia de colher apostas sobre o tempo que levaríamos para chegar a Nova York. Já os passageiros de terceira classe haviam montado um quadro-negro no lugar do passeio na popa do convés C e estavam aceitando abertamente o dinheiro das apostas.

"Não dá para apostar", disse Hopper, "enquanto não houvermos consultado os relatórios de bordo. Precisamos saber a velocidade média e levar em consideração as previsões meteorológicas."

"Vinte e quatro nós", aventurou Charlie, mas Ginsberg rejeitou a cifra, alegando que sabidamente o navio não podia passar dos vinte e um ou vinte e dois. "Não temos carvão para alimentar a marcha a todo o vapor. Acho que não faremos mais que vinte, e assim mesmo se as condições meteorológicas estiverem a nosso favor."

Alguém deu-me um tapinha nas costas; era o tal gordo que eu havia visto antes na companhia de Scurra e do velho Seefax. Ele foi dizendo sem preâmbulos:

"Onde está ela?"

"Ela?", eu disse.

"Ela está com ele?"

"Ele?"

Seus olhos eram enormes, como os de uma criança, e lacrimejantes. Havia uma cadeira vaga junto à parede, ele puxou-a para a frente e sentou-se pesadamente nela. Vi nisso como que uma provocação; por outro lado, não pude deixar de notar a mistura de esperança e determinação extrema que se lia em sua expressão.

"Você me parece ser seu amigo", disse-me. "Gostaria de saber que opinião tem dele." O homem falava com um sotaque curioso que, sem eu fazer idéia de pronto por quê, me soava familiar. Sua entonação era judaica, mas as vogais eram estranhamente sem contraste.

Eu disse:

"Não faço a menor idéia de quem você está falando."

"Do homem com o rosto desfigurado por causa de um duelo de esgrima."

Ficamos nos encarando.

"O homem com aquele talho na boca", insistiu, passando no lábio um dedo rechonchudo. "O homem que fala, fala."

Quase sorri, de tão apropriada que era a descrição. Por outro lado, expliquei-lhe que mal conhecia Scurra e que só ficara sabendo seu nome naquela tarde.

"Mas você não chegou a formar uma opinião?" Estava me agarrando o braço, o que me inquietou.

"Não tenho como ajudá-lo", disse-lhe.

"Preste mais atenção", falou sério. "Não tenho tempo para subterfúgios. Sou homem de fortes paixões."

"Você me surpreende", disse-lhe, fixando o olhar intencionalmente em sua mão.

Na mesma hora ele soltou-me.

"Foi engano meu", murmurou. "Você, afinal de contas, é jovem demais para ser curioso." Mesmo assim, transfixou-me com aqueles olhos úmidos e sentimentais.

"Morgan", interrompeu Ginsberg, com um copo em cada uma das mãos, "acho que o comissário de bordo é a pessoa que devemos procurar para ter a informação sobre velocidade média. Que me diz de irmos atrás dele?"

Ergui-me de imediato e segui-o pela porta de vaivém que nos lançou no saguão. Da pista de baile chegavam compassos de jazz.

Ele disse:

"Você parecia estar tendo problemas com o nosso corpulento amigo Rosenfelder."

"Você o conhece?"

"Scurra me apresentou."

"Você conhece Scurra?"

"Você não?"

"Sim, claro", disse eu, e deixei a coisa nesse pé. Para um homem que estava sempre se fazendo de bobo, ele era notavelmente astuto, do que concluí que não era pessoa inteiramente honesta. Posso fazer um tal julgamento, uma vez que eu próprio nem sempre sou inteiramente honesto.

A informação que desejávamos, esclareceu o comissário de bordo, só estaria disponível no dia seguinte, depois de termos deixado Queenstown. Concordou com Ginsberg que não exigiriam demais do navio nesta viagem. Talvez umas quinhentas milhas diárias, calculou. "Talvez mais, talvez menos."

"Mas acha que chegaremos a Nova York na terça-feira?" Ginsberg foi incisivo.

O comissário respondeu:

"Terça à noite, sim." E acrescentou: "Não havendo acidentes", o que provocou risos de parte a parte.

A cabine estava aconchegante graças ao calor de um calefator elétrico. Acima da escrivaninha estava fixada à parede a foto de um bebê franzindo as sobrancelhas sob a sombra de um boné de verão.

"Figurinha simpática", observou Ginsberg. "Como se chama?" Assumindo uma expressão adocicada, ele tocou as bochechas da criança no papel com a ponta de um dedo.

"Eliza", disse o comissário. "Como a mãe."

Lembrado de que eu não tinha em meu poder um recibo da bagagem transportada para o navio pelo motorista de Melchett, perguntei-lhe se estaria por ali à mão. Depois de muito remexer nas gavetas e compartimentos de sua escrivaninha, o comissário localizou a papeleta. "Um baú de tamanho médio", leu, "e o registro de depósito de manuscritos teatrais em nome de J. Pierpont Morgan."

Estávamos já de saída quando Ginsberg disse:

"Reparei, ao olhar pelas janelas do salão, que, enquanto o mar e a linha do horizonte eram evidentes à minha esquerda, só o céu se achava visível a estibordo. O que me deu a impressão de estarmos nitidamente adernados para bombordo."

"Muito bem observado, senhor", exclamou o comissário. "Sem dúvida, está havendo um consumo maior de carvão do depósito de estibordo do que daquele de bombordo."

"O que se deve, sem dúvida", disse Ginsberg, "a um incêndio persistente nas caldeiras da carvoeira número 10."

O comissário de bordo mostrou-se abalado.

"Um incêndio, senhor? Que quer dizer?"

"Ora, ora. Nós dois sabemos muito bem do que estou falando."

"Um incêndio?", reiterei, estupidamente. "Que tipo de incêndio?"

"Do tipo que queima", retorquiu Ginsberg.

"Se o que está sugerindo fosse verdade, senhor", disse o comissário de bordo, "o inspetor da Junta Comercial jamais teria assinado a autorização para partirmos de Southampton."

"Bem, nesse caso, então", disse Ginsberg alteando a voz, "não temos razões para nos preocupar, não é mesmo?"

"De que você estava falando?", perguntei-lhe quando íamos de volta pelo corredor. Respondeu-me que era um homem prudente, o que me pareceu absurdo, e que sempre considerara pouco recomendável confiar cegamente fosse no que fosse.

Não voltei com ele para o salão de fumar, irritado com

sua atitude de sabe-tudo. Sissy me alertou constantemente de que minha intolerância ainda me criaria situações difíceis. Sempre achei que se um homem tenta adotar atitudes que não são inatas, mais cedo ou mais tarde acabará descobrindo que a natureza não pode ser forçada. Somos o que somos, e não adianta fingir.

Alegando haver dormido pouco e uma leve náusea no estômago, fiquei zanzando do lado de fora do salão de baile, a ouvir o que tocava a banda. Uma vocalista estava cantando "Put your arms around me, honey, hold me tight" [Me abrace, querido, me abrace apertado]. Espiando pelas vidraças das portas, avistei Rosenfelder com as abas do casaco esvoaçantes enquanto ele conduzia empertigado Molly Dodge pelo salão. Não havia nem sinal de Wallis Ellery.

Antes de me recolher para dormir, saí para o convés dos escaleres. Havia uma brisa soprando, mas o ar não se podia dizer que estivesse frio. Um casal idoso sentara-se em cadeiras dobráveis com as mãos presas no colo. De algum ponto mais adiante chegavam os agudos de gaitas de foles; caminhando para a popa, juntei-me a um grupo de passageiros encostados ao gradil, que se entretinham olhando para baixo, onde ficava o espaço reservado à terceira classe. O pessoal de baixo dançava, ao som das gaitas de foles, com os homens uivando a cada puxão que davam nas mulheres para formar revoluteantes figuras de oito a espalhar-se pelo convés. Alguém perto de mim murmurou: "Eles sabem se divertir", e uma voz feminina disse: "A estabilidade do navio é impressionante", ao que a voz de seu companheiro replicou, como se estivesse citando um panfleto publicitário: "Estamos num palácio flutuante, querida".

Enquanto minha atenção ia para uma mulher que dera as costas à multidão, com um xale envolvendo-lhe a cabeça e os ombros, pareceu-me voltar à lembrança a minha própria ida a Nova York em terceira classe, só que na verdade não me lembrava de nada, sabia por ter ouvido minha avó contar.

Segundo seu relato, eu ficara aos cuidados de uma moça irlandesa que depois informou que eu comera por três e não enjoara em nenhum momento da viagem. Não foi por mesquinharia, garantiram-me, que eles haviam decidido fazer-me atravessar o Atlântico da maneira mais barata possível, mas sim porque sentiam que acomodações mais dispendiosas, levando-se em conta as circunstâncias dos meus primeiros anos de vida, criariam uma situação de constrangimento tanto para mim próprio como para os outros. Sissy, é claro, diz que foi porque minha tia não quis que as pessoas soubessem do nosso parentesco, mas Sissy pensa assim porque, nunca tendo sido abandonada, pode se dar o luxo de ser crítica.

A figura envolta no xale virou-se e, fazendo a volta em torno dos dançarinos, veio para o portão de metal que barrava a passagem à área da segunda classe. Postou-se ali, nele recostada, espiando para cima, e, com a luz a bater-lhe em cheio no rosto, reconheci quem era. Causou-me espanto. Era muito pouco provável que alguém viajando de primeira ou de segunda classe se dispusesse a visitar os conveses inferiores e era estritamente contra o regulamento que passageiros de terceira subissem aos superiores; no entanto, eu a tinha visto duas vezes na primeira classe: uma em companhia de Scurra quando partimos de Southampton e a outra quando ela surgiu na escadaria principal e chamou por ele.

Naquele momento um sujeito com lenço atado ao pescoço chegou-se para perto dela. Disse-lhe alguma coisa, mas ela deu de ombros, como para despachá-lo, e ficou olhando para o céu. A não ser pelas luzes no mastro, varando a escuridão, o céu estava vazio de estrelas.

Intrigado, fiz de volta o trajeto que havia percorrido e, chegando às portas do ginásio, debrucei-me por alguns momentos sobre a balaustrada. O navio estava todo aceso de proa a popa, os reflexos saltando em carreiras prateadas de um extremo a outro no negrume das águas. Dava para sentir a frieza do gradil atravessando o pano de meu paletó, e quando troquei o braço em que me apoiava, passou pelo meu pensamento uma imagem do corredor em Princes Gate; vi claramente meu cotovelo erguendo-se num impulso súbito para limpar aquele quadrado de poeira que ficara na parede. Tinha o coração aos saltos no meu peito e respirava com dificuldade. Era só uma questão de tempo, raciocinei, e Jack ou um dos empregados logo notariam o espaço vazio.

Não era o fato de vir a ser descoberto que me preocupava — afinal, tio Morgan possuía em si próprio três quartos de sangue corsário —, mas a noção que minha tia me inculcara de que as más ações são sempre castigadas, e, embora minha personalidade adulta não visse nisso mais que mera superstição, a criança que subsistia em mim punha-se a tremer. Estou exagerando, claro. Havia, sem dúvida, algo de muito agradável no meu instante de medo. Resolvi que escreveria para o meu tio, confessando o que havia feito. Poderia até pagar pelo quadro — minha mesada era suficientemente generosa para permitir isso.

Quando atravessei o ginásio, havia alguns gaiatos entretendo-se em brincadeiras com a aparelhagem dos exercícios. O instrutor, coitado, estava tentando dar por encerradas as atividades da noite. Quase parei para ajudá-lo — os baguneiros mostravam-se intratáveis evidentemente por terem bebido —, mas decidi-me pelo contrário. Tive minhas dúvidas se eu não poderia muito bem estar nas mesmas condições nas noites que se seguiriam.

Chamei pela campainha o camareiro assim que entrei no meu quarto. Queria uma bebida quente. Ele veio logo, trazendo o terno que eu usara quando subi a bordo. Disse-me que tinha sido esfregado e passado. O conteúdo dos bolsos achava-se na penteadeira, se eu quisesse verificar.

"Viaja neste convés um judeu chamado Rosenfelder?", perguntei.

"Não neste, senhor. Ele está no convés B. É o cavalheiro

que mencionei como devendo ter viajado de segunda classe, mas que se aproveitou de uma desistência."

"E um homem chamado Scurra?"

"Desse nome não estou lembrado, senhor. Talvez esteja viajando sob nome suposto. O senhor ficaria admirado com o número dos que viajam assim."

"Como o sr. e a sra. Morgan", insinuei, e ele entendeu perfeitamente a quem eu me estava referindo. Ele os servira durante anos na travessia do Atlântico e considerava o lord um homem muito afável. Já com a lady não simpatizava muito, pois lhe parecia espalhafatosa. "Claro, é uma americana", disse, "não reluta em chamar atenção e tomar iniciativas." Conhecera esse tipo de pessoa no passado, quando ainda era rapaz e trabalhava como dançarino no salão de baile do Savoy. Nesse tempo o preço do chá dava direito a duas danças, em proveito das damas desacompanhadas. Embora ele não fosse dado a contar vantagens, a verdade era que fora muito popular entre aquelas que começavam a ultrapassar os limites da juventude.

"Uma em particular", gabou-se, "mostrou interesse por mim. Costumava apanhar-me em sua carruagem e seguíamos sem pressa para o Parque, onde nos habituáramos a tomar um tiquinho assim de gim debaixo das árvores. Devo dizer que nunca me aproveitei... Deixava que a iniciativa partisse dela."

A lady tinha uma irmã que usava o nome de Elinor Glyn. Escrevia romances, do tipo "apimentado" — pelo que ouvira dizer — e era, ou havia sido, amante de lord Curzon. Não o censurei pelas fofocas, porque achei que ele ainda me poderia ser útil mais tarde.

Ao dar-lhe sua gorjeta, lembrei-me de repente do marujo que nos levara a mim e a Melchett para visitar as casas de máquinas. Depositando meia coroa dentro de um envelope, sobrescrevi como destinatário Riley. Recomendei ao camareiro para certificar-se de que não haveria engano na entrega.

"Ele é inconfundível, pelo tamanho, que é pouco maior

que o de um menino, e pela fala, que é igualzinha à de um estrangeiro com resfriado."

Minha carteira de notas, os fósforos, as chaves de Princes Gate e a fotografia introduzida sub-repticiamente no meu bolso pelo moribundo — estava tudo sobre a penteadeira. Meti-os outra vez no bolso do paletó e comecei a escrever a carta, como planejara. "Querido tio, estou trazendo de volta comigo o pequeno quadro com a imagem de minha mãe, datado de 1888, que ficava pendurado no corredor do primeiro andar em Princes Gate. Não tive tempo para contar a Jack o que..."

Nesse ponto, chegou o chocolate quente. Deixando de lado a carta, preparei-me para dormir. Foi um alívio quando apaguei a luz porque a moça na parede agora parecia estar me observando.

2

Quinta-feira, 11 de abril

Às sete da manhã do dia seguinte, tive a piscina de água salgada só para mim e nadei oito vezes a extensão dela em menos de cinco minutos sem pausas para descansar. Quando virei para a nona vez, uma figura corpulenta surgiu das cabines e veio caminhando para a beirada. Perplexo, perdi o embalo nas braçadas; tratava-se de ninguém menos que Rosenfelder, num traje de banho em listras verdes e marrons, as barrigas das pernas brancas e torneadas como as de uma moça. Sentou-se por alguns minutos na beirada da piscina, esforçando-se por acomodar os cachos de seus cabelos numa touca de borracha, antes de se jogar pesadamente na água como uma vaca-marinha. Embora desconcertado, não me passava pela cabeça desistir do meu exercício por causa dele, e continuei com as braçadas até que, debatendo-se às cegas para vir ao meu encontro, seu braço fez uma arremetida desesperada e agarrou-me no ombro.

Ficamos os dois mexendo braços e pernas para mantermos à tona na vertical, face a face, ele cuspinhando desculpas e eu recuperando meu fôlego precário de nadador fora de forma. Estava a ponto de lhe dar uma resposta impaciente quando sua touca de banho, que já se equilibrava absurdamente como uma espécie de balão desinflado no alto de sua cabeça, de súbito ergueu-se nos ares e despencou no espaço entre nós. A cena havia sido tão cômica que explodi numa risada. Ele ficou me olhando um momento, com aqueles olhos saltados, e depois começou também a rir estridentemente. Seguramo-nos um no outro para encontrar apoio, e não estávamos muito mais compostos quando galgamos a borda para sair, pois o piso achava-se escorregadio depois de tanta água que esparramamos em volta, e vimo-nos forçados a andar cautelosamente, pé ante pé, para evitar cair, o que nos fez outra vez perder o controle do riso, com as gargalhadas ressoando de volta da parede de ladrilho em nosso trajeto para trocar de roupa nas cabines. Prosseguimos com nosso comportamento ridículo enquanto nos vestíamos, ele emitindo risadinhas em falsete, eu piando como uma coruja, em *staccatos*, sem parar de me secar com a toalha.

Ele sugeriu que tomássemos o café da manhã juntos, com o que concordei de imediato. Achava-o divertido. Quando cheguei ao fim de minha porção de ovos, bacon e rins, e ele de seu *kedgeree* (arroz, peixe e ovos misturados), tínhamos nos tornado ótimos amigos.

Esgotadas rapidamente as trocas de polidez, as considerações sobre o tempo, o tamanho do navio e a excelência da comida, ele se mostrou ansioso por falar de si próprio. A certa altura de sua inestancável narrativa, entraram no restaurante Thomas Andrews e quatro membros da equipe de projetistas. Cada um com sua prancheta de desenho debaixo do braço, Andrews com um lápis atrás da orelha. Minha presença não foi notada.

A história de Rosenfelder não fugia ao padrão que era esperado para alguém de sua raça e classe. Deixara a Alemanha ainda garoto e viera para a Inglaterra aprender o ofício de alfaiate com um primo mais velho pelo lado paterno. A família morou primeiro em Liverpool e depois em Manchester.

"Não foram tempos felizes", confidenciou-me. "Meu primo era um homem durão... a vida o tornara assim. Eu recebia tapas na loja, tapas em casa... faltava comida, havia percevejos saindo pelos rodapés e uma chuva que não cessava nunca."

"Posso imaginar", eu disse. E podia mesmo. Cocei-me, instigado por uma comichão no braço.

"Pouco a pouco o negócio começou a prosperar. Meu primo já tinha a clientela e eu era bom no corte. Ganhamos dinheiro. Aí então meu primo bateu as botas — você conhece a expressão, claro (fiz que sim com a cabeça) — e deixou-me cinco máquinas de costura, um estoque de fazendas e um ano de aluguel pago de uma moradia no último andar de um depósito na Hood Street à margem do canal. Moradia modesta, mas sem vazamentos no telhado."

"É um rio que corre ali", interrompi. "O Irwell."

"Graças aos meus hábitos frugais", prosseguiu ele, "em mais de um ano economizei o suficiente para alugar uma loja num ponto mais bem situado da cidade. Doze meses se passaram e então, depois de um namoro de quinze anos, casei-me com a filha de um pasteleiro russo que trabalhava para o Midland Hotel. Ela é uma boa mulher, econômica, uma autêntica *baleboosteh*. Quando tivemos nosso primeiro filho, ela perdeu os dentes. Agora, cada vez que move a boca para me falar, o que felizmente não faz com freqüência, a primeira imagem que me vem à cabeça, lamentável, é a de um peixinho no aquário." Ele lhe havia comprado dentaduras, é claro, dos modelos mais caros, mas ela se recusou a usá-las.

Para que eu não ficasse pensando que o negócio de alfaiate era desprovido de poesia, ele me seduziu recitando uma longa lista de tecidos — belbutina, bombazina, brim, brocado, cetineta, flanela, fustão, morim, musselina. A finalidade de sua ida à América era avistar-se com o sr. Macy e mostrar-lhe um vestido extraordinário que, se Deus quisesse, ainda iria para as vitrines daquela loja famosa e terminaria rendendo uma fortuna para ele.

"Deixarei de ser um alfaiate de encomendas", declarou, "para me tornar um *couturier*."

"O sr. Macy", disse-lhe, "acha-se a bordo. Ou melhor, o atual proprietário da loja. Seu nome é Isador Straus."

"Aqui? Neste navio?" Ele me olhou bestificado.

"É um senhor idoso, de barba, que viaja com a mulher."

"Você acha que eu deveria falar com ele?"

"Talvez", disse-lhe. "Se escolhesse o momento apropriado. É um homem generoso, um filantropo. Tal como você, começou do nada."

E então, só por curiosidade — embora ele ainda na véspera me tivesse acusado de não ser velho bastante para ser curioso —, mencionei a mulher alta no South Western Hotel.

"Não leve a mal", disse-lhe, "mas não pude deixar de notar a maneira como você olhou para ela."

"Ah", deu como que um suspiro e juntou as migalhas de torrada no seu prato. De repente, via-se sem palavras.

"Tive a impressão", fui logo dizendo, "de que você estava apaixonado por ela."

"Nunca a tinha visto antes na minha vida", disse ele, e enveredou por uma longa explicação sobre o conteúdo da caixa retangular de que naquela ocasião ele tomara conta com tanto zelo; tratava-se de um vestido que, por ter sido feito com a intenção de expô-lo numa vitrine, era de um tamanho maior que o natural e, portanto, só se ajustaria às proporções de um manequim artificial. Em suma, isso era o que ele pensava até a mulher no hotel levantar-se para sair.

"Ela ergueu-se como uma árvore", exclamou. "Um carvalho inglês. O vestido poderia ter sido feito de encomenda para ela."

"Pensei que você estivesse sentindo desejo", disse-lhe.

"E estava!", insistiu ele. "O desejo de ver meu vestido numa criatura de carne e osso."

Eu trouxe à baila o nome de Scurra. Na opinião de Rosenfelder, era um homem instruído com uma percepção quase espiritual da natureza humana.

"Sabe o que ele me disse? Ouça: 'Um dia o mundo reconhecerá no alfaiate o hierofanta e o hierarca, até mesmo o seu

Deus'. Fui consultar um dicionário para descobrir o sentido, veja você."

"Era o caso, não resta dúvida", disse eu. "Então você o conhece bem?"

"Não, nem um pouco. Observei-o em conversa com a deusa alta e pensei comigo mesmo: aí está um homem a quem é possível fazer confidências."

"E você fez isso?"

"Claro. Ele me aconselhou a não abordá-la até que o navio deixasse Southampton. Ela deveria ter encontrado um amigo em Southampton. Ele não apareceu. É o seu protetor, me entende? Tampouco apareceu em Cherbourg, e por isso foi que se sentiu tão aflita a ponto de querer se jogar do navio. Scurra convenceu-a a esperar até chegarmos a Queenstown. Seu amigo ainda pode aparecer. Ela deixou Londres com a passagem na mão, a roupa que tem em cima do corpo, uma maleta de viagem e duas libras na bolsa."

"Que tristeza!", comentei.

"Para ela, sim. Para mim, quem sabe não haverá aí uma vantagem?"

"Scurra conhece-a há muito tempo?"

"Isso só ele pode dizer."

De bom grado eu teria passado a manhã em sua companhia, se ele não houvesse marcado hora com o barbeiro; fora atraído pelo anúncio de uma loção capaz de prodígios em matéria de alisar cabelos cacheados.

Passei duas horas na biblioteca, penando para escrever uma outra carta a meu tio. Primeiro tentei a sala de correspondência — onde forneciam papel timbrado com o emblema da White Star —, mas encontrei-a repleta de mulheres, inclusive Molly Dodge. Ela me disse que eu a havia decepcionado na noite anterior, ao bater em retirada daquela maneira. Não precisava mentir para Molly, de modo que lhe confidenciei ter me sentido triste.

"Você perdeu o mais divertido", disse ela.

"Estou cansado de diversão."

"Se eu não conhecesse você melhor", respondeu-me, "diria que está representando um papel."

Não avancei em minha carta mais do que o havia feito na véspera. Parecia-me agora desnecessário contar a meu tio sobre o retrato de minha mãe. Além de sugerir, quando muito, que eu poderia ter contado a Jack o que havia feito, não creio que ele fosse ligar a mínima para aquilo. Afinal de contas, os quadros que possuía davam para encher o Louvre, e, ainda que de gênio irascível, não era avarento nem dado a recriminações. Não precisava. Diversamente de seus colegas de Wall Street, ele tinha uma fortuna herdada, não havia feito seu caminho na sociedade a partir da pobreza e graças à energia de suas garras. Era o poder que o motivava, não o dinheiro, e uma crença de que só ele e mais ninguém poderia consertar a América.

Acho que era, ainda sou, ambivalente em relação a meu tio. Haveria pelo menos uma justificativa a meu favor se ele tivesse um perfil puxando mais para o do homem sem princípios, inescrupuloso. Certamente era um hipócrita, o que ressaltava de suas trapalhadas com as mulheres — fizera suspender uma produção de *Salomé* na Metropolitan Opera House, alegando que as razões para cortar a cabeça de são João Batista eram simplesmente obscenas —, mas, por outro lado, um hipócrita que sabia que o era. Um cético por toda a vida, gostava de citar a máxima segundo a qual um homem tem dois motivos para as coisas que faz: um bom motivo e o motivo real.

O mais urgente — refleti, bocejando, inclinado sobre a mesa da biblioteca — era descobrir um modo de contar-lhe o que eu pretendia fazer do meu futuro. Desde quando eu tinha dezenove anos, meu tio se empenhara em me arranjar um emprego. Quantas vezes não o ouvi vociferar que era um dever dos ricos trabalhar! Um pobre sem emprego, afirmava ele, era menos desprezível do que um rico que ficasse sem fazer nada.

Pressionado, penei seis meses num banco mercantil em Paris, três semanas desgraçadas num ramal perdido da Union Pacific Railroad Company, um ano na biblioteca sob a direção daquela que fora outrora sua secretária e amante, Bella da Costa Greene, e ainda mais um ano nos escritórios de Harland & Wolff. Esse último ano, muito importante para mim, impeliu-me na direção de opções decisivas, e mostrou-me o caminho que eu deveria seguir. Infelizmente para meu tio, um caminho que levava mais à destruição do que à construção, e que nada tinha a ver com a arte do desenho ou com arquitetura naval.

Não era o financiamento de meus planos que me preocupava. Mesmo se meu tio suspendesse a mesada, o que não era provável, minha tia possuía fortuna própria e seria capaz de buscar a Lua se eu a pedisse para ela. Era minha consciência que me acusava, pois eu tinha sido tratado com grande generosidade por alguém que não me devia nada. A ligação que nos unia resultava de acontecimentos e não de um parentesco, e ele me via como se o fizesse através de um microscópio, como um infusório de seu passado remoto retorcendo-se diante da lente de aumento onde fixara os olhos.

Eu estava a ponto de mergulhar num cochilo, quando Hopper e Melchett invadiram o recinto e me arrastaram para o ginásio. Lá estava o coronel Astor, rabugento como sempre, sentado num barco a remo mecânico, vestindo uma camiseta branca. Faltavam luvas de boxe, mas nós nos revesamos socando com punhos descobertos o saco de pancadas. Hopper foi impressionante, com exímios golpes laterais e terminando o exercício quase sem perder o fôlego. Toda vez que Melchett acertava um soco, gritava "Autch" e dava uma corridinha em volta recolhendo a mão para debaixo do sovaco. Astor em momento nenhum ergueu os olhos.

Passava do meio-dia quando saímos para o convés. O sol brilhava com tal intensidade que um garotinho à distância de menos de cinco metros dissolveu-se no branco, com o pião que ele tinha soltado girando à frente de suas botas quase invisíveis.

Lentamente aproximamo-nos de Queenstown, com os campos verdejantes estendendo-se para trás dos penhascos. Com o tempo, fui começando a perceber os reflexos nas janelas para além do paredão do porto, a lua branca de um relógio público municipal. No Spy Hill a agulha na torre de uma igreja apontava para o céu tranqüilo. Amarrados ao cais, havia dois rebocadores acachapados oscilando sobre as águas. Nesse instante, com os hélices revolvendo o fundo e lançando para a superfície uma areia pardacenta, paramos as máquinas e aguardamos a aparição do prático.

Pensei no dia, três meses depois de minha chegada a Belfast, em que conheci Tuohy no meu trajeto diário para os barracos dos desenhistas. Chovia e eu havia feito um atalho pelo beco que dava na Harland Road. Era primavera e os salgueiros estavam em flor. À minha frente caminhava um trabalhador levando a marmita debaixo do braço. De repente, cambaleou e caiu. Era comum os homens serem despedidos por terem bebido antes do turno da alvorada, e eu achei que ele estivesse embriagado. Eu teria passado ao largo, se a marmita dele não se houvesse aberto com o impacto da queda, lançando duas fatias de pão no meu caminho. Não fui capaz de pisá-los e afundá-los na lama. Ao baixar os olhos, reparei que o homem estava branco como leite e que espumava pelos cantos dos lábios descorados. Ajoelhando-me, sacudi-o, e um instante depois ele recuperou-se e esforçou-se para se pôr de pé. Disse que havia tido uma convulsão, o que lhe acontecia às vezes, e pediu-me para não contar nada a seu capataz. Não me implorou que calasse sobre o assunto, nem demonstrou qualquer subserviência nesse pedido; na verdade, dirigiu-se a mim como se fosse seu igual. "Meu nome é Tuohy", disse, e apertou-me a mão. Impressionado com a altivez de seu procedimento e como ele continuasse com aquela cor de giz e nem um pouco firme em suas pernas, ofereci-lhe meu braço.

Lembro-me de ter encharcado os pés para me desviar do seu pão no caminho. Três semanas mais tarde fui pela primeira vez a um comício. No mês seguinte fui visitar sua casa.

Nessa primeira visita fui idiota bastante para pensar que caberia a mim pôr sua família à vontade. Levei flores para a mãe; ela as recebeu sem dar uma palavra, mas podia-se notar o desprezo em seus olhos. Tinha um boné de homem na cabeça e botas masculinas nos pés.

Meio-dia e meia, dois barcos que faziam o percurso de terra para bordo avançaram lentamente em direção ao *Titanic*, trazendo correspondência e novos passageiros. Com o pensamento na mulher que interessava a Rosenfelder, dirigi-me à popa a fim de dar uma olhada para baixo e ter uma visão do espaço reservado à terceira classe, quando estourou um tumulto mais adiante no convés. Seguindo a multidão que agora corria para lá, e tendo diante dos olhos a falsa chaminé que servia como saída para a ventilação, vi emergir do alto uma cabeça negra. Era apenas um foguista que resolvera subir até ali talvez por brincadeira, ou por ter feito alguma aposta, mas várias mulheres tolas, inclusive a sra. Denver de Boston, julgando deparar com uma aparição lançada nada menos que das chamas do inferno, gritaram apavoradas e declararam tratar-se de um presságio.

Uma hora depois as máquinas voltaram a pôr-se em marcha e giramos um quarto de círculo para posicionarmos a proa no sentido da costa, com os navios pigmeus em toda a extensão do cais apitando festivamente à nossa passagem. O sujeito com a gaita de foles ia de pé na popa entoando uma melancólica despedida ao velho Eire. Não duvido que a aflitiva lamentação do instrumento tenha sido interpretada pelas mulheres como outro presságio.

O navio foi seguido por uma nuvem de gaivotas atraídas pelo lixo do almoço que a tubulação do esgoto ia despejando n'água. Hopper, na esperança de espantar as gaivotas, tentou tomar emprestado o pião do garotinho para usá-lo como arma de intimidação. Agarrado ao seu pião, o menino correu em prantos para junto da mãe. Hopper saiu zanzando pelos arredores à procura de uma vara comprida e não voltou.

Por toda a tarde navegamos ao longo da costa, com as gaivotas ainda mergulhando e gritando no nosso rastro, os verdes morros e campos acinzentando-se à medida que a luz começava a escoar-se do dia. Melchett e eu permanecemos no convés até o escurecer, até a costa curvar-se e afastar-se para noroeste, e as últimas montanhas dissolverem-se nas trevas.

Às sete daquela noite, como ficara combinado, encontrei-me com Charlie Melchett na sala de estar principal para tomarmos um drinque antes do jantar. Havíamos concordado em jantar no restaurante *à la carte* a fim de evitar Ginsberg. Melchett não gostava dele. Admitia que Ginsberg fosse mais inteligente do que dava a parecer, mas via nele um caráter maldoso. Tudo bem, comentou, que pessoas como Hopper fizessem amizade com aquele sujeito — igualmente cínico como o outro, nada tinha a perder —, mas, com o passar do tempo, não era bom para homens com menos malícia serem expostos a esse tipo de influência. Fiquei comovido diante da visão errônea que ele tinha do meu caráter. A verdade era que eu pouco estava ligando para onde faria meu jantar, desde que não tivesse de me sentar à mesma mesa com a implicante Wallis Ellery.

Melchett havia sido abordado por lady Duff Gordon, que me cumprimentou pronunciando meu nome e alegou haver estado à minha procura desde o café da manhã. Ela falava abaixando os olhos e com a cabeça inclinada para um lado, dirigindo-se à minha camisa.

"Estou oferecendo um pequeno jantar comemorativo esta noite e adoraria que você estivesse presente. Às oito em ponto.

Convidei seu amigo Van Hopper e Charlie, naturalmente, de forma que me diga que aceita, por favor."

"É muita gentileza sua", comecei, mas, antes que eu pudesse acrescentar alguma palavra, ela já se havia afastado com uma das mãos agitando-se no ar para atrair a atenção de um recém-chegado.

"Ela é mais simpática do que parece", disse Melchett, lendo na expressão do meu rosto. "E não é ociosa. Está à frente de um negócio muito bem-sucedido... no ramo da alta-costura."

"Tenho minhas dúvidas se conseguirei esperar até as oito", protestei. "Estamos sem almoçar, lembre-se."

Senti-me um pouco menos irritável depois de minha segunda taça de champanhe, de modo que a entrada de Wallis e de sua irmã Ida não me provocou mais do que uma leve pontada de desespero. Sorte a minha, consolei-me pensando, não estar exposto às sujeições do amor correspondido. O amor, refleti, sugava o homem até o osso. E com esse pensamento levantei-me e fui procurar lady Duff Gordon. Achei-a em companhia de um idiota de monóculo que gargalhava tão alto a ponto de eu ter que berrar para me fazer ouvir.

"Desculpe-me", disse eu, "mas prometi jantar com um amigo, o sr. Rosenfelder. Acho que não dá para desfazer o combinado."

Ela respondeu o que eu já esperava:

"Então insisto em que o traga com você."

Quando voltei para junto de Melchett ele tinha girado o corpo em sua poltrona, olhando em direção às portas do saguão. Ainda cheguei a tempo de ver Wallis saindo de braço com Scurra.

"Quem é aquele homem?", indagou Melchett. "Parece conhecer todo mundo a bordo."

"Que vá para o inferno", rosnei. "Que vão todos eles para o inferno." Eu estava com fome de comer um boi e meus braços doíam que era um horror por causa do exercício com o saco de pancadas. Melchett, parecendo preocupado, tentou animar-me.

"Conheci um homem agora há pouco que se lembra de você dos tempos de colégio. Não guardei seu nome. Ele trabalha na firma do pai em Boston... algo no ramo de secos e molhados. Alto, bem barbeado. Um tanto tímido... não do tipo que força situações... você faz uma idéia de quem possa ser?"

"Não", falei sem sequer parar para pensar. No salão flutuante cujas paredes espelhadas duplicavam a multidão redemoinhando de um canto para outro sob os trêmulos candelabros, os reflexos que se repetiam ou eram familiares moviam-se em disparada na face ricamente trabalhada dos vidros.

"Ele disse que você era estupendo nas quadras de tênis e que uma vez emprestou-lhe dinheiro quando ele estava num aperto."

"Deus do céu!", desabafei. "O mundo está feito de gente que nos conhece. Veja em volta. Este lugar está abarrotado de gente que freqüentou os mesmos colégios, as mesmas universidades, assistiu às mesmas aulas de esgrima, teve os mesmos professores de dança, de música, de latim, os mesmos instrutores de tênis..."

"Morgan", disse Melchett. "Você está berrando!"

"Eu poderia juntar uns cinqüenta ou mais que conheci durante a metade da minha vida e só Deus sabe quantos com quem partilhei um jantar em pelo menos metade das capitais da Europa. Não há uma fotografia tirada daqui ao Nilo onde vinte ou mais dentre nós não apareçam alinhados em grupo para ver sair o passarinho."

"Acredito", murmurou ele, na esperança de me acalmar.

"Meu Deus, metade dos homens aqui presentes já dividiram entre si as mesmas amantes."

"Vá devagar!", censurou-me.

"Uma só família, grande e infeliz família!", concluí melancolicamente, e, isso dizendo, levantei-me e saí. Acho que para o pobre do Charlie foi um alívio.

Uma vez no saguão, acelerei nos degraus e saí para o convés. Aí caminhei furiosamente ora numa direção, ora noutra, falando sozinho, encarregado de dar voz ao mesmo tempo à acusação e à defesa. Não me lembro do que estava posto em questão, sei apenas que em última análise tinha a ver com a transparência dos homens e a inescrutabilidade das mulheres; o certo era que eu devia estar parecendo bastante desequilibrado.

Ia voltar para fazer as pazes com Melchett quando ouvi um grito muito singular, alto e agressivo como o de um gato pisado no rabo. Veio da zona de sombras projetadas pelos escaleres a bordo. Em seguida, ouvi a voz inconfundível de Scurra. Ele estava sacudindo alguém com quem brigava e que se sentara numa cadeira dobrável. Por um momento de insensatez cheguei a recear que pudesse tratar-se de Wallis, até que ele se desviou para um lado a fim de esquivar-se da mão que se lançara para atingi-lo e então vi que a pessoa no caso era a mulher em quem Rosenfelder estava interessado.

"O amigo dela não embarcou em Queenstown", arrisquei.

"Parece que não", respondeu ele, sem fôlego.

Nesse momento, a mulher venceu a resistência dele e, erguendo-se de um salto, correu para a balaustrada, aos gritos. Scurra e eu lançamo-nos atrás dela e conseguimos segurá-la cada qual por um braço. Ele e eu tínhamos ambos um pouco menos de um metro e oitenta de altura, de modo que ela avultava como uma torre acima de nós. Enquanto nos atracávamos com ela para contê-la, eu não podia deixar de pensar que parecíamos aqueles rebocadores em Southampton tentando desviar o *Titanic* da rota do ss *New York*.

"Você está num camarote no convés B?", perguntou Scurra, arquejante, com a mulher se debatendo para trás e para diante em nossas garras como uma árvore sacudida por um vendaval.

"Estou um convés abaixo."

"Vá buscar Rosenfelder", ordenou ele, e eu soltei a mulher

e fui em disparada para o ginásio. Assim que transpus as portas como um desvairado, esbarrei com Thomas Andrews.

Ele disse:

"Parece estar havendo algum problema com quatro torneiras dos banheiros na área E de passageiros."

"Deve ser das carrapetas", respondi-lhe, e continuei abrindo caminho às pressas.

Rosenfelder não estava no salão nem nos restaurantes. Tampouco o encontrei no Café Parisien. Wallis, sim, estava lá. Chamou-me, mas fingi que não a ouvi; senti prazer com isso.

Depois de longa busca acabei descobrindo Rosenfelder no salão de fumar, jogando cartas em companhia das mais desagradáveis.

"Venha comigo. É urgente", disse-lhe.

"Já vou."

Cheguei a puxar-lhe a manga do paletó. Ele estava segurando as cartas rente ao peito, bobamente dando a pista de que tinha um bom jogo.

"Ele não embarcou em Queenstown", sussurrei-lhe, e foi o bastante. Na mesma hora levantou-se, sem largar as cartas, e foi atrás de mim.

Quando chegamos ao convés, vimos Scurra de joelhos agarrado ao tornozelo da mulher. Ela recuava arrastando-o.

"Ai, ai, ai", lamentou Rosenfelder.

Não contive o riso, vergonhosamente.

Juntando nossas forças, conseguimos levá-la para dentro. Por sorte, ela acalmou-se e, a não ser uns poucos olhares de curiosidade no saguão e a gentil interferência de um camareiro que indagou se a senhora estava precisando do médico de bordo, não tivemos problema em levá-la tranqüilamente para o camarote de Rosenfelder. Scurra fez menção de levá-la para o quarto, mas Rosenfelder insistiu no sofá da sala de estar, por uma questão de delicadeza, imagino. Certificando-se de que a cabeça dela estava comodamente apoiada num travesseiro, acendeu um charuto e pôs-se à penteadeira, alisando o cabelo com uma escova de dorso prateado. Deu uns toques afetuosos nas cartas que enfiara no bolso de cima do paletó.

"Um jogo e tanto", suspirou.

"Têm certeza de que ela não precisa de um médico?", indaguei.

"E o que nos diria ele?", disse Scurra. "O diagnóstico já está feito. O que nos falta é apenas uma visão do quadro em conjunto." Tirou o paletó e, pendurando-o descuidadamente numa pintura emoldurada presa à parede, foi até o banheiro lavar-se.

A mulher permaneceu deitada em absoluto repouso, de pálpebras cerradas, pés para cima apoiando-se sobre o braço do sofá. Estava vestida tal como eu a vira no hotel. Empoleirado na banqueta junto à escrivaninha, eu podia ver que as solas de seus sapatos estavam esburacadas pelo uso. Soltando baforadas do seu Havana, Rosenfelder ligou a calefação elétrica, deu a volta ao sofá, sentou-se no chão, de pernas cruzadas, e ficou olhando fixamente para o rosto envolto em fumaça da mulher. Ele mostrava um sorriso beatífico e parecia um Buda. Nenhum de nós dizia nada; estávamos ambos esperando que Scurra voltasse e nos desse instruções.

Fiquei observando a pintura, de que era possível ver apenas um dos cantos, estando o resto coberto pelo paletó de Scurra. Distingui uma pincelada escarlate que deduzi ser uma flor, possivelmente um detalhe de alguma paisagem pastoral. Havia um grande silêncio na sala, cortado apenas pelo ruído de Rosenfelder inalando seu charuto e o som amortecido das máquinas, muito abaixo de nós, em seu trabalho permanente.

Logo Scurra veio do banheiro e com a escova de dorso prateado removeu a poeira da calça na altura dos joelhos. Seu cabelo estava arrumado para o alto em tufos úmidos e ele se mostrava radiante.

"Bom garoto", disse, voltando-se para mim e apertando-me o braço. "Bom garoto. Você agiu muito bem." Enrubesci quase tão completamente como só Melchett seria capaz. Scurra tinha um modo de ser tão caloroso que fazia a gente se sentir como se estivesse deitado apanhando sol. É preciso entender que o tipo de homens com quem eu me relacionava — a menos que se tratasse de figuras decadentes — tinha como praxe manter suas distâncias uns dos outros, por maior que fosse o envolvimento mútuo em decorrência de acontecimentos ou de parentesco. Não que eu encarasse Scurra como uma figura paterna ou que tivesse algum respeito especial por ele — como poderia, se o conhecia tão pouco? —, o que simplesmente acontecia era que em sua presença ficava possível associar a palavra *amor* ao que a gente sentia, em vez de usar de evasivas para com suas implicações. De qualquer modo, continuei enrubescendo. Quando ele apanhou de volta seu casaco, verifiquei que o que me havia parecido ser uma pétala de flor era na verdade um respingo de sangue numa tela que representava a mais sanguinolenta das batalhas. Mais tarde eu viria a me lembrar desse momento; havia tomado erroneamente uma parte pelo todo.

"Que fazemos agora?", perguntei. "Não deveríamos acordá-la?"

"Ela não está dormindo", disse Scurra. "Está se acalmando, vocês não acham?"

Então esperamos, Scurra fazendo sua toalete e Rosenfelder consumindo seu charuto até reduzi-lo a uma ponta molhada. Os botões de cima do casaco da mulher tinham sido arrancados durante a luta no convés, deixando ver o vestido por baixo. Dei uma olhada no seu alvo pescoço, e observei o corpete do vestido em suas subidas e descidas. Embora me sentisse feliz por estar em companhia de Scurra, comecei a conjeturar se algum dia ainda voltaria a comer, e torturei-me com a imagem de um peito de pato generosamente servido com purê de maçã.

"Rosenfelder", falei baixinho. "Temos um compromisso para jantar esta noite com lady Duff Gordon."

"Eu? Jamais ouvi falar nessa mulher."

"Ela está viajando sob um nome suposto", disse Scurra. "É da alta-costura. Poderia ser útil para você conhecê-la."

Rosenfelder pareceu impressionar-se, mas não além do que seria razoável; sua atenção estava inteiramente voltada para a mulher deitada.

Dir-se-ia que se passou um século até ela abrir os olhos; quando o fez, não deu mostras de surpresa nem de constrangimento.

"Um pouco de brandy, talvez?", sugeriu Scurra, e Rosenfelder, de um salto, pôs-se de pé e providenciou, retirando-os de um armário, a garrafa com os copos. Servindo uma generosa medida, estendeu-a para ela. Eu até não receberia mal um drinque, nem que fosse só para tranqüilizar a ronqueira de meu estômago vazio, mas Rosenfelder não estava pensando em mais ninguém a não ser nela. Ela sorveu o brandy, deu uma tossezinha, jogou seus pés graciosamente para o chão e sentou-se com postura perfeita. Continuava bonita apesar dos seus olhos avermelhados de choro, e ainda mais quando tirou o chapéu, porque tinha os cabelos cor de âmbar e não simplesmente dourados, a menos que se tratasse de um reflexo da lareira.

Ela encarou as coisas com bastante naturalidade, para alguém que havia causado tantos transtornos. Não pediu desculpas, se bem que se declarou muito grata pela atenção que lhe demos. Sua voz era cultivada, com uma bela impostação. Apesar dos sapatos de solas rotas, o porte convencia como o de uma mulher fina.

"Vocês já devem conhecer minha história", disse. "Não é fora do comum, nem de maior interesse a não ser para mim mesma." De qualquer modo, ela se deu ao trabalho de contá-la com algum detalhe. Seu nome era Adele Baines, nascida de mãe francesa e pai inglês no edifício da Ópera de Paris. Ela costumava cantar no pátio do prédio, enquanto pendurava na corda a roupa lavada. Aos doze anos a famosa madame Adiny ofereceu-se para educar sua voz. Aos dezenove ela viera para Londres e, não tendo conseguido trabalho como cantora, arranjou um emprego de modelo na Fenwick's, em Bond Street.

"Deus está me dizendo algo", exclamou Rosenfelder.

Depois de três anos ela chamou a atenção de um dos diretores da firma — casado, naturalmente — e eles se tornaram amantes. Ela aceitara os bons almoços e jantares em restaurantes caros e houve três ou quatro fins de semana num hotel em Dieppe, mas, quando ele quis instalá-la num apartamento na Manchester Square, ela recusou. Preferia conservar o seu quarto em cima de um açougue em Somers Town. Manter sua independência. Algo aconteceu, entretanto, que mudou tudo. Nesse ponto ela interrompeu o relato e, baixando os olhos para sua mão esquerda, emitiu uma exclamação de desagrado.

"Minha unha", disse, "quebrei minha unha."

"Esse algo que aconteceu", indagou Rosenfelder. "Esse algo que aconteceu foi o quê?"

Franzindo a testa, ela prosseguiu.

O filhinho do homem adoeceu e quase morreu. Ela não havia feito exigências e estava sempre à disposição quando ele precisasse dela. Muitas noites ela passou, com sua permissão, do lado de fora do hospital, para consolá-lo quando ele vinha desabafar junto dela, ainda com o rosto banhado em lágrimas. Quando o filho melhorou, eles descobriram que o que havia começado como um mero episódio passional acabou por se tornar um verdadeiro amor. Dois meses atrás ele combinara levá-la a Nova York e lá apresentá-la a um homem que tinha relações de negócios com a Metropolitan Opera House. Comprara-lhe uma passagem na terceira classe, para evitar escândalo, e deveria juntar-se a ela em Southampton.

"O resto vocês conhecem", disse ela. "E participaram do desenrolar."

Pareceu-me que o discurso fora bem ensaiado. E, para dizer a verdade, minha simpatia estava toda com o seu amante desaparecido. Quando uma mulher declara não ter feito exigências, pode-se ter certeza de que ela acredita que lhe devem alguma coisa. Tive vontade de perguntar-lhe o que fazia zanzando pelos conveses superiores, mas contive-me. Poderia soar como se eu houvesse pensado que a opção correta teria sido ela pular da balaustrada da terceira classe e não da primeira.

O rosto de Rosenfelder era todo sorrisos. A julgar pelo jeito com que olhava para ela, já devia estar começando a tomar-lhe as medidas. Contrafeito, mas por razões minhas, eu disse:

"É bastante desagradável para você, mas não vale a pena morrer por causa disso."

"Eu diria que são poucos os casos em que vale a pena morrer", observou Scurra, e riu-se com gosto. Para minha surpresa, ela fez coro com ele, embora eu não saiba dizer se foi para agradar-lhe ou se por histeria da parte dela. Ele pareceu julgá-la recuperada em seu equilíbrio, pois ofereceu-se para acompanhá-la de volta ao convés E. Bobamente comentei que ficaria esquisito se alguém do serviço de bordo o visse com uma passageira da terceira classe.

"Que fantástico personagem é você!", disse-me Scurra. "Que importa o que os outros possam pensar?"

Fiquei arrasado por ter feito papel de tolo. Ansiava pela aprovação de Scurra até mais do que pelo meu jantar, e então me tornei horrivelmente melífluo e afetado, pondo-me à disposição da mulher, gabando-me de minhas relações, de minha influência a bordo. Quando terminei de me exibir, ela me agradeceu, do jeito como se faz com uma criancinha que se oferece para levar ao ombro uma sacola que nem consegue levantar do chão. Rosenfelder, enquanto isso, arranjara agulha e linha, e costurou o casaco dela. Tratava-a por Adele e prometeu-lhe que pela manhã iria substituir os botões que estavam faltando. Ela então cobriu aqueles gloriosos cabelos com seu chapéu, e, acompanhada de Scurra, retirou-se.

Chegamos atrasados para o jantar dos Duff Gordon. Rosenfelder estava de uma humildade revoltante até eu lhe explicar que não pegava bem desculpar-se. Os Carter e Bruce Ismay achavam-se presentes, como também um jornalista inglês chamado Stead, que aparentemente inspirava muito respeito. A convite do presidente Taft ele estava indo aos Estados Unidos para fazer o discurso de encerramento numa convenção cuja finalidade era induzir os homens de negócios a participar ativamente de movimentos religiosos.

"Deus do céu", murmurou Ismay quando se apercebeu das intenções de Stead.

Entendi como ele se sentia. Meu tio era um freqüentador assíduo, mesmo fanático, da igreja, como o era a maioria de seus parceiros em Wall Street, e eles também teriam considerado um sacrilégio misturar a Bíblia com o comércio.

Ao contrário do que eu esperava, comecei a sentir prazer em estar lá. Achei lady Duff Gordon divertida — logo me esqueci de chamá-la de sra. Morgan — e de uma franqueza tal que, fosse ela mais jovem, poderia ter passado por grosseria. Tinha um rosto fino e comprido com uma expressão desdenhosa. Mas esse era apenas o gênero que ela fazia. Quase na mesma hora em que me sentei ela foi logo dizendo que ficava feliz por eu não ter herdado o nariz dos Morgan. Não achei que fizesse algum sentido eu dizer-lhe que, na verdade, no meu caso, não havia nenhuma carga hereditária em jogo; preferi discorrer sobre os problemas que a notável protuberância facial causara a meu tio em seus tempos de rapaz, querendo dar a entender que ele não conseguia deixar de pensar no tamanho de seu nariz.

"Não é a única protuberância que lhe trouxe problemas", observou ela sem mais comentários.

Era muito habilidosa para tratar as pessoas. Por duas vezes contrariou um ponto de vista renitente de Ismay sem ofendê-lo. E mostrou decidida simpatia por Rosenfelder, com o que conquistou meu afeto. O coitado, ainda que felicíssimo, transpirava abundantemente ao se ver objeto de suas atenções. Ele não estava tendo sorte com a loção miraculosa do barbeiro: o cabelo teimava em encachear-se mais e mais a cada minuto.

"Eu dirijo a firma de vestidos de madame Lucille", disse-lhe ela. "Você já deve ter ouvido falar, imagino. Precisa ir visitar-me em Nova York."

"Sra. Duff", ouvi-o responder, evidentemente confuso com a multiplicidade de seus nomes, "a oportunidade que isso significará para mim!"

Passei cinco minutos numa conversa bombástica com Ismay, que eu conhecia muito bem e de quem não gostava. Ao contrário da maioria dos ingleses, ele não era apático por natureza. Perguntou-me se eu havia apreciado minha experiência com Harland & Wolff.

"Sim, certamente", respondi-lhe. Ele já me havia feito essa pergunta muitas vezes, sempre ouvindo a mesma resposta. Indaguei-lhe se achava que iríamos quebrar alguns recordes em nossa viagem inaugural, e ele respondeu algo com o sentido de que cabeças iriam rolar se tal não acontecesse.

Exteriormente ele passava a imagem de um homem seguro de si, frio (quase se poderia dizer), comportamento que para muitos era simples fachada enganosa destinada a proteger o homem sensível que existia por trás dela. A meu ver essa historiada não tinha o menor fundamento. Era um homem com muitas camadas, sim, mas, tal como no caso das cebolas, essas camadas eram todas iguais. Agora diretor-executivo da White Star Line, já fora noutros tempos seu proprietário. Meu tio, decidido a dominar a rota transatlântica, fez-lhe uma oferta impossível de recusar; mesmo levando-se em conta que a companhia havia obtido lucros enormes com os contratos decorrentes da Guerra dos Bôeres, meu tio desembolsou dez vezes o seu valor.

Anos antes, em visita à Inglaterra, passei um fim de semana em companhia de Ismay, que foi para mim inesquecível. Ambos éramos convidados de Sanderson, que dividia com ele a diretoria da empresa e que tinha uma casa em Freshfield, no Lancashire. Sanderson presidia o clube de golfe local e sua casa fora construída em meio a um pinheiral repleto de esquilos. Seu mordomo fornecera-nos armas e passamos uma manhã inteirinha atirando neles da varanda. Mesmo no auge do verão soprava o vento, e eu tinha de despejar umas doze vezes por dia a areia que ficava nos meus sapatos. Para além das árvores estendia-se a fímbria negra do Mar da Irlanda.

Na noite de nossa chegada, a sra. Sanderson ofereceu um grande jantar, tanto em homenagem a mim como a Ismay. Minhas relações faziam com que eu sempre tivesse boa acolhida, e os comerciantes de algodão e proprietários de navio ali presentes trataram-me muito cordialmente. Ao término da refeição, e antes que as mulheres se retirassem da sala, o sr. Sanderson levantou-se e fez um pequeno discurso de boas-vindas. Não era uma ocasião rigorosamente formal — tinha havido até brincadeiras meio bobocas entre a hora do pudim e a do queijo, com as pessoas arremessando bolas de golfe para fazer cair na fruteira. Eu estava sentado à esquerda de Sanderson, junto a uma senhora com um dogue no colo, e Ismay à sua direita. Apanhei meus cigarros — os outros homens já estavam fumando — e, como me faltassem fósforos, estendi o braço a fim de trazer as velas mais para perto de mim, no que Ismay, inclinando-se sobre a mesa, aplicou um violento tapa na minha mão estendida. Eu ainda não havia completado dezoito anos de idade.

Com a lembrança ainda viva, fiquei imaginando o que ele diria se eu trouxesse de volta aquele distante incidente, mas antes que eu chegasse a fazer isso cruzei com o olhar de Melchett. Estava de uma frieza total. Não me ocorreu o que podia estar havendo com ele até que de repente me lembrei de tê-lo tratado antes com pouco-caso.

"Charlie", supliquei-lhe, tomado por um remorso genuíno. "Me perdoe, vamos, seja um bom camarada. Eu estava descontrolado."

Como bom camarada que era, reagiu prontamente, levantando-se, até, para vir ao meu encontro apertar-me a mão.

Na cabeceira da mesa a sra. Carter fez uma encenação de arrepio, como se horríveis sentimentos lhe houvessem aflorado à pele. Veio à baila um conto que o jornalista Stead escrevera certa vez sobre um navio que batia num iceberg, e que ela dizia ter lido.

"Não me lembro como terminava", exclamou ela, "só sei que levei semanas tendo pesadelos por causa dessa história."

"O sr. Stead deveria escrever outro conto, dessa vez sobre um foguista que sai da chaminé", disse Hopper. "Embora ele já tenha sido belamente escrito pelas senhoras a bordo."

"E, afinal, como terminava a história?", bradou lady Duff Gordon. Reparei que sua mão estava pousada no braço de Rosenfelder.

"Todos se afogavam", disse Stead. "Todos menos o comandante."

"Você não deveria deixar que Wallis o afligisse assim", sussurrou Melchett. "Ela não vale isso." Mal ele acabou de falar, quase me descontrolei mais uma vez.

A festa encerrou-se aí pelas onze horas, com o restaurante já praticamente deserto. Ginsberg retirara-se uma hora antes; ele de tal modo se deixara absorver na adulação do mais velho dos primos de Taft que passou por mim sem me dizer palavra.

"Os mais velhos vão tomar café no salão", a sra. Carter disse para Hopper. "Imagino que vocês, mais novos, queiram dançar."

Nenhum de nós estava disposto. Hopper tinha um vago projeto de procurarmos George Dodge e descermos com ele ao depósito de carga a fim de dar uma olhada no carro novo de seu pai. Eu disse que ficaria à espera dele e de Charlie no saguão. Não queria dar com Wallis. Enquanto eu fazia hora ali, passou Ismay a caminho de sua suíte.

"Com que então você conhece Scurra", disse-me.

"Conheci-o só recentemente."

"E que acha dele?"

"Bem... acho que... acho que é...", interrompi-me, incapaz de pensar em palavras suficientemente neutras.

"Estou vendo que ele deixou em você a forte impressão que costuma causar." Olhou para mim, como se procurando certificar-se. "Conheci-o anos atrás na França", disse. "É um homem interessante... ainda que perigoso."

"Perigoso!", exclamei.

"Tive motivos para pedir-lhe um conselho. E ele me deu."

"Foi um mau conselho?"

"Pelo contrário", disse, "quase com toda a certeza era bom. Só que não o segui." Dito isso, ele me deu boa-noite.

Melchett e Hopper haviam encontrado George no Veranda Café. Ele não viria conosco, mas não fazia nenhuma objeção a que déssemos uma olhada no Lanchester de seu pai.

"Molly está às voltas com um tipo meio vulgar que é dono de uma fábrica de enlatados", explicou Hopper. "George acha que é bom ficar por perto para vigiá-la."

Melchett estava atento a mim como um falcão, apesar do que não me contive e disse:

"Imagino que Wallis ou Ida poderiam muito bem cuidar disso."

"Ida provavelmente fecharia os olhos, se lhe pedissem", disse Hopper. "E Wallis não está lá."

Fomos primeiro ao escritório do comissário de bordo a fim de preencher um formulário de autorização para entrar no depósito. Hopper teve que sair de volta para apanhar a assinatura de George. Descendo do elevador no convés G, fizemos o mesmo trajeto seguido por Riley na véspera. O calor era tremendo, mais forte do que eu me lembrava de ter sido antes, e caminhamos o tempo todo sentindo o zumbido dos motores monumentais escondidos abaixo. Não havia ninguém no cubículo que servia como escritório para cuidar das bagagens, o encarregado ausentara-se. Resolvemos não arredar pé dali ao repararmos numa chaleira com água fervendo. O encarregado afinal apareceu e ficou pasmo de encontrar-nos ali e teve mesmo o desplante de sugerir que voltássemos na manhã seguinte. Hopper soube colocá-lo em seu lugar.

Tivemos que descer por degraus na vertical, apoiando cuidadosamente os pés e segurando com as mãos as barras laterais, até alcançarmos o depósito que ficava bem embaixo. Apesar de mais de uma dúzia de interruptores terem sido acionados antes de descermos, o lugar tinha uma iluminação meio lúgubre, com os filamentos elétricos tremeluzindo como a luz de estrelas. Encontrávamo-nos agora abaixo da linha-d'água e no espaço em volta crepitavam estalos e rangidos sinistros, além de um zunido irregular meio como o som de um diapasão, meio como o pinçar de uma corda de violino. Havia dois carros, amarrados um ao lado do outro: um modelo vetusto de Wolseley, que Hopper achou que pertencesse ao velho Seefax, e o Lanchester novinho em folha de Dodge, este último com faróis metálicos, raios das rodas vermelhos e estofamento azul-marinho, infinitamente superior ao anterior — pelo menos, na opinião de Hopper. Meu tio possuía um Rolls Royce, tal como Jack, mas essa foi uma paixão que jamais me atraiu. Enquanto Hopper e Charlie esquadrinhavam todos os detalhes do Lanchester, diverti-me dando uma olhada nas outras peças guardadas no depósito. Podia entender para que serviam os conteúdos de dois caixotes carimbados respectivamente com "Redes para cabelo" e "Plumas de avestruz", mas que uso dar às várias toras de carvalho acompanhadas do aviso "Não confundir com lastro"? Tão maciças na espessura e tão bichadas pela ação do tempo que só poderiam provir de alguma caravela ou do telhado de uma catedral da Idade Média! Próximo das toras, um volume ensacado em estopa trazia a etiqueta "Retrato de Garibaldi, propriedade de C. D. Bernotti".

Hopper e Charlie meteram-se dentro do Lanchester. Infantilmente, os dois começaram a imitar o roncar de um motor e o ruído das mudanças de marchas. Charlie, que estava ao volante, inclinou-se para fora e apertou a buzina, espalhando em volta um arremedo de coaxar de sapo que ecoou pelo depósito. Passado um tempo, por sorte acabaram se cansando de tanta bobajada e iniciaram uma dessas conversas fragmentadas que têm a ver com mulheres e com o futuro, o tipo de conversa que é tão do gosto dos rapazes quando se faz tarde da noite. Não vou abordar o que Hopper disse das mulheres; alguns dos comentários eram bastante indelicados. Só Deus sabe o efeito disso sobre Charlie, que o pouco que conhece a respeito não vai muito além do processo de polinização das orquídeas nas estufas de seu pai. De qualquer modo, a contribuição dele para a conversa foi mínima, se bem que comovente, e versou sobre o fato de uma vez ter tocado por engano o seio de uma ótima moça em Dorset — ela primeiro saiu correndo para contar à mãe, depois vomitou.

"Você devia arranjar um espaço onde pudesse ficar sozinho em Londres", aconselhou Hopper.

"Minha família jamais consentiria", disse Melchett.

"Há garotas em Londres que agradeceriam a você por acariciá-las", vangloriou-se Hopper.

Para Hopper era diferente, é claro. Apenas dois anos mais velho que o outro, ele tinha um apartamento na rua 52 e um emprego no escritório de advocacia do pai. Sendo inglês, Charlie nada possuía em seu próprio nome, e só lhe restava rondar o patrimônio da família com uma arma debaixo do braço, à espera de que seu pai morresse. Mesmo assim, ambos insistiam em que alimentavam projetos para um futuro dourado que pouco teria a ver com a advocacia ou com a administração de um patrimônio. Exatamente com o que teria a ver não ficou claro, embora Hopper vaticinasse que iria pescar o maior peixe já visto nas águas de um rio.

De fato, ele era fascinado por pescaria. Quando éramos garotos em Warm Springs, passava noites inteiras deitado de barriga para baixo à espera de que algum peixe mordesse a isca, até o dia em que sua avó, pegando-o em pleno sono ao luar, com uma cobra a poucos passos de seu rosto, acabou com esse hábito dando-lhe uma boa surra.

Invejei os dois, despreocupadamente entretidos dentro daquele carro reluzente, tão confiantes, ambos, em que o futuro seria diferente do que até então lhes havia acontecido. Quanto a mim, não possuía nenhuma dessas certezas. Estiquei-me sobre a traseira do Wolseley e contemplei os arredores de alto a baixo. Com as mãos em concha coladas aos ouvidos, imaginei que era o oceano que rugia dentro de minha cabeça. Poderia ter adormecido se Hopper não houvesse gritado meu nome.

"Que foi?", perguntei.

"Charlie diz que você está apaixonado por Wallis."

"Ah, é?"

"Nós todos sabemos como ela é, Morgan. A garota tem gelo nas veias. Duvido que exista algum homem capaz de derretê-la, nem mesmo um marido."

"Não quero discutir isso", eu disse pomposamente, e ouvi o riso escarninho que foi toda a resposta que me deu.

Passava da meia-noite quando escalamos os degraus na vertical para sair do depósito. No caminho de volta para o elevador, uma porta se abriu no corredor em frente e saíram dois homens, um com uniforme de marinheiro; entre eles arrastavam um terceiro homem, de joelhos unidos e cabeça afundada no peito. Um silvo monstruoso projetou-se sobre nós e cessou assim que a porta fechou-se batendo com estrondo. Eu teria passado ao largo se não houvesse reconhecido Riley. Hopper e Melchett, afastando-se para o lado, seguiram em frente.

Perguntei se poderia dar alguma ajuda. O acidentado ultrapassara de muito a meia-idade, tinha os cabelos brancos colados ao crânio pelo excesso de transpiração. Com o peito descamisado, as calças encharcadas cheirando a graxa e poeira, parecia semiconsciente. Riley disse que não era nada que preocupasse, simplesmente um problema de calor e exaustão.

Na verdade, ainda enquanto ele estava falando, o velho voltou a si e, esfregando os olhos com o dorso de suas mãos, fez menção de empurrar a porta para dentro.

"Ele precisa de repouso", protestei. "E água."

Depois de uma certa hesitação dos três, o segundo homem, segurando o camarada pela cintura, afastou-se com ele pelo corredor em passos trôpegos na direção do escritório de carga. Reparei que o doente tinha um crucifixo minuciosamente tatuado nas costas, com os braços do Cristo estendendo-se de ombro a ombro dele.

"Estão trabalhando em turnos dobrados", disse Riley. Começou a esfregar seu uniforme com um trapo de pano para retirar uma mancha.

"Você está com pó de carvão no rosto", disse-lhe. Tomando o trapo de suas mãos, ofereci-lhe meu lenço. Com um sorriso, recebeu-o e passou-o no rosto. Não era um sorriso inteiramente amistoso.

Estava para lhe dar boa-noite, quando ele disse:

"Alguém precisa fazer alguma coisa a respeito desses turnos. Eles estavam sabendo da situação antes de deixarmos Southampton."

"E que situação é essa?", perguntei, mas, antes que ele pudesse responder, os dois foguistas reapareceram no alto da passagem.

"Venha comigo", ordenou-me, retirando-se na direção oposta, e eu fui atrás com a maior docilidade até que, chegando a uma porta onde se lia "Uso exclusivo da tripulação", fez uma parada e indagou se eu estaria disposto a conceder-lhe alguns momentos.

"Imagino", disse ele, "que tenha coisas mais importantes para fazer." Embora as palavras em si mesmas expressassem deferência, ele as fez soar como uma acusação.

"De modo algum", respondi-lhe, para não lhe dar o gostinho de se julgar mais esperto do que eu. Entramos numa sala que funcionava como uma espécie de copa para serviço noturno. Um fogareiro, duas cadeiras, uma mesa cujas pernas erguiam-se sobre círculos de veneno para rato e uma série de prateleiras abastecidas com alimentos enlatados. Na parede, pendurado torto, um retrato do capitão Smith com seu cachorro.

"Se não me engano, vem de Liverpool", comecei, com a intenção de o pôr à vontade, embora na verdade em nenhum momento ele se houvesse formalizado a ponto de tratar-me de "senhor".

"Sim, sim", disse, alteando a voz com impaciência, e fez um gesto para que eu me sentasse. Ele continuou de pé, sempre com o lenço amarfanhado em sua mão.

"Aquele homem", disse ele, "aquele velhote que você acabou de ver... ele completou um turno de nove horas e emendou direto com uma esticada de mais seis horas."

"É excessivo", eu disse.

"Não está certo", disse ele. "Não deveria ser permitido." Em sua indignação, chutava as migalhas espalhadas pelo chão. Observei-lhe que havia recebido do camareiro a informação de que a tripulação estava completa, ao que ele respondeu que sim, que se poderia afirmar isso, mas somente se as circunstâncias houvessem sido normais.

"E não são?"

"Nunca jamais!", respondeu zombeteiramente. "E tem mais: eles já sabiam do que estava acontecendo antes de nos terem contratado. Simplesmente não se preocuparam em convocar um pessoal extra que fosse em número suficiente para lidar com o problema."

"Lidar com que problema?"

"Esse maldito incêndio", disse ele. "O maldito incêndio que persiste na carvoeira número 10."

Pensei em Queen's Island e no casco do *Titanic* erguendo-se no dique seco de Harland & Wolff. Três milhões de rebites, tratados em braseiros de carvão antes de ser batidos nas placas superpostas, foram usados em sua construção. O navio tinha fundo duplo, com espaço entre as duas bases maior do que o necessário para caber um homem em pé. O martelar dos rebites prosseguiu dia após dia, hora após hora, com os ecos clamorosos fazendo uma barulheira infernal nos telhados de zinco dos barracos onde ficavam os desenhistas. No final do dia, quando soava o apito e o trabalho era encerrado, o silêncio súbito e chocante arriava com todo o seu peso dos céus plúmbeos.

"O fogo vem ardendo há dias", disse Riley. "Nesse ritmo, o velho Smith terá que passar pela vergonha de chamar o Corpo de Bombeiros assim que chegarmos a Nova York."

Mantive-me em silêncio, olhando para o retrato na parede; não era o mesmo cachorro que eu havia alimentado com biscoitos de gengibre. Ginsberg, pensei, tinha acertado na mosca; só que eu não conseguia atinar como fora possível o navio receber o certificado de autorização para navegar. Eu já ouvira Tuohy falar sobre incêndios. Não era difícil contê-los, dizia ele, despejando água das mangueiras sobre o carvão; tudo dependia do grau de danos causados às placas supostamente de aço. Não eram de aço coisa nenhuma, mas de ferro puro e simples — e o ferro enfraquecia quando exposto ao calor. Veio-me à lembrança aquele cômodo de frente dando para o porto, o furo no oleado, a estátua de gesso da Virgem sorrindo sobre o console da lareira. Estremeci. Não era tanto o fogo que me preocupava, mas sim verificar que a fala bombástica de Tuohy era mais do que simples eufemismo.

"Não creio que você deva insistir nesse assunto", eu disse. "Tenho certeza de que o engenheiro-chefe está capacitado para lidar com a situação. E temos o projetista-chefe a bordo do navio."

"Não estão nem ligando!", Riley desabafou. "Não são eles que têm de dar turnos de quinze horas trancados naquele inferno."

"Nem você", censurei-o, e pus-me de pé. Mal-humorado, abriu a porta. "Pode ficar com o lenço", disse-lhe, e acrescentei: "Não espero que você acredite, mas nem sempre tive o padrão de vida que tenho hoje. Houve tempo em que poderíamos ter brincado juntos na mesma sarjeta". Enquanto me afastava, aborreci-me comigo mesmo por ter me aberto assim com ele.

Não estava ainda em condições de ir dormir, com tantos pensamentos girando compulsivamente na minha cabeça. Embora fosse meia-noite e vinte pelo relógio no patamar da escadaria principal, as luzes continuavam acesas na biblioteca. Lá estava Thomas Andrews, sozinho, rabiscando anotações no seu caderno, com um copo de uísque junto ao cotovelo. Lembrado de nosso encontro no início daquela noite, logo senti vontade de escapulir dali, mas ele me viu antes. Imediatamente puxou o assunto das perdas de água nas torneiras dos banheiros e me sugeriu que eu as examinasse na manhã seguinte e supervisionasse o seu conserto. Terminado esse serviço, ele gostaria que eu o acompanhasse numa inspeção completa do navio. A experiência seria proveitosa. Era evidente que ele ainda me considerava um membro da equipe de projetistas.

Andrew planejava vários ajustes e alterações. O calçamento de pedras no passeio exclusivo do convés da primeira classe ficara com um colorido um pouco escuro demais; a aparência das cadeiras de vime no lado de estibordo poderia ganhar se tingidas de verde; havia parafusos demais nos cabides para pendurar chapéus dos camarotes; e ele queria minha opinião sobre se a paisagem do porto de Plymouth — aqui apontou para um quadro a óleo bastante sem graça pendurado acima da lareira — não deveria ser substituída por um retrato de escritor.

"Deveria, sim", concordei. Eu cá comigo estava pensando se a inspeção incluiria o setor das caldeiras.

"Shelley", disse ele. "Ou talvez Samuel Johnson."

"Dickens", aventurei. "Assim as pessoas reconhecerão de quem se trata."

É possível que eu tivesse um fraco por Andrews. Sem

dúvida alguma, admirava-o. A gente precisa ter alguém como modelo, alguém de valor, e sendo, como ele era, um homem realizado em vez de apenas um homem rico, era o que considero um homem de sucesso. Era também uma pessoa que se vestia com muita elegância, e uma vez cheguei ao extremo de desenhar para mim o modelo de um certo paletó que ele usava — com uma fileira de botões de casco de tartaruga em cada punho — a fim de encomendar um igual ao meu alfaiate. Quando ficou pronto, não tive coragem de usá-lo, só de pensar que ele poderia notar a cópia.

Quanto ao mais, não tinha fama de espirituoso, nunca afirmara nada que me impressionasse a ponto de ficar marcado na minha lembrança, e não se poderia dizer que fosse propriamente bonito, seu rosto sendo mais para o pesado, embora os olhos fossem realmente especiais, azuis e sinceros, e ele tivesse uma covinha no queixo. De qualquer modo, quando eu me achava em sua companhia, esquecia por completo meus planos para o futuro e, se as coisas houvessem tomado um rumo diferente, nada me teria agradado tanto, talvez, como permanecer trabalhando para ele.

Puxou em seguida uma discussão em torno dos ventiladores na seção do motor número 2. Em sua opinião, não eram inteiramente satisfatórios.

"Acho que o senhor tem razão", disse-lhe. "Estive há pouco lá embaixo no convés G e vi um homem sair carregado porque desmaiou devido ao excesso de calor."

"É mesmo?", comentou, e tomou nota no seu caderno.

As conversas com ele eram interessantes e instrutivas, desde que o assunto fosse o navio, ou, mais propriamente, os detalhes de sua construção; bastava a gente vir com qualquer coisa de mais pessoal, e ele imediatamente se fechava. Ao mencionar tolamente com quem eu jantara naquela noite, repeti o comentário de Ismay, de que cabeças iriam rolar se não alcançássemos a velocidade máxima.

"Então, às dez em ponto", cortou-me abruptamente. "Sugiro que a gente se encontre fora do ginásio." E, dito isso, juntou lápis e caderno e seguiu em direção à porta. Caminhava como um lutador de boxe, com as pernas um pouco arqueadas, mas ligeiro nos pés.

Esmagado, eu estava inclinado a segui-lo mantendo uma distância respeitosa, quando um tremendo acesso de tosses e pigarros chegou aos meus ouvidos procedente de uma das poltronas viradas para a parede. Era o velho Seefax que, batendo com a bengala no rodapé, reclamava que o virassem para o lado da lareira. Depois que posicionei a poltrona como ele queria e pus os carvões para arder na lareira, ele me pediu que chamasse pela campainha o camareiro, a fim de lhe trazer o drinque de antes de dormir.

"Ficou tarde", eu lhe disse. "O atendente do bar já deu por encerrado o serviço."

"Bobagem", comentou, ofegante. "Vá buscá-lo." Diante disso, fingindo que me dirigia em altos brados a um atendente imaginário, peguei o copo com uísque que Andrews havia deixado pela metade.

"Não lhe disse?", falou-me Seefax. "Nunca largam o serviço, não num hotel bem administrado."

Cuspindo mais do que sorvendo a bebida, perguntou:

"Que é que você tem feito? Atrás de algum rabo-de-saia, imagino."

Contei-lhe que havia descido ao setor de cargas, onde vira um foguista com um crucifixo tatuado nas costas.

"Antigamente era muito comum", disse. "Eles faziam isso na esperança de evitar chicotadas. Você até hoje pode ver uma remanescência desse tipo quando eles sobem a bordo, alguns dos velhos marujos ainda batem continência diante do tombadilho... era onde antes ficava pendurado o crucifixo."

Depois ele mergulhou num devaneio, com os olhos fixos nas labaredas, a mão seca e encarquilhada como um pergaminho torcendo o cordão preto de que pendiam seus óculos. Fiquei junto dele; o navio podia ter a firmeza de uma rocha, mas ele era um homem frágil, de outros tempos, e tive medo de que pudesse cair se eu o deixasse voltar sozinho para o seu camarote.

Passados alguns minutos, ele disse:

"As mulheres são criaturas extraordinárias, a gente não consegue imaginar do que elas são capazes."

Assenti com a cabeça, pensando em Wallis.

"Ela saiu por aquela janela com a velocidade de um esquilo trepando numa árvore. Quando tornou a entrar, podia-se confundi-la com uma negra."

"É mesmo?", observei, para lhe ser agradável.

"Por causa da fuligem da locomotiva, entende? Foi bem no momento em que entrávamos num túnel." Em seguida, animado, batendo com os pés no chão, soltou a voz: "Foi quando conheci Scurra".

Seus pensamentos embaralhavam-se terrivelmente. A mulher chamava-se madame Humbert, ou talvez Hubert, e saíra pela janela de um trem em movimento agarrando-se às laterais do vagão até alcançar o compartimento vizinho, onde um homem muito rico estava tendo um ataque do coração.

"Scurra não poderia ser...", disse-lhe.

"Não, não, não. Era Crawley... Crawford... Cranly... Por ter lhe salvado a vida, ele deixou para ela uma fortuna. Em 1897 ela gastou dois mil dólares em flores para uma festa que deu em sua casa na avenue de la Grande Armée."

"E foi lá que você conheceu Scurra?"

"Jamais disse isso", respondeu com mau humor. "Foi em Madri... mais tarde... quando ela foi presa. Você deve ter ouvido falar... ruídos no meio da noite... polícia... o cais. Sempre achei a história que ela contava do episódio no trem meio esquisita... imagine só se ela poderia tê-lo ouvido pedir socorro com toda aquela barulhada das rodas nos trilhos!"

Não consigo tirar dele mais nada sobre o assunto porque agora está resmungando sobre certo livro na estante que trata da batalha de Chickamauga, em que os confederados puseram para correr as tropas da União. Segundo ele, o autor confundiu os fatos.

"Ele deveria ter me consultado", murmurou. "Fui testemunha ocular — embora ainda no último Natal ele nos tenha petrificado de chateação, a mim e a Hopper, contando como passou a guerra inteira na Europa, enfrentando o bloqueio sozinho e afundando cruzadores em Cherbourg."

Acompanhando-o à saída da biblioteca, tive a sorte de encontrar no saguão um rapaz do serviço de bordo que o tomou de minhas mãos. Pois bem, enquanto eu descia os degraus da escada, adivinhem quem vi entrando no elevador um andar abaixo? Wallis. Ela estava com Ginsberg, e juro que ele tinha a mão posta sobre sua cintura.

3

Sexta-feira, 12 de abril

Na manhã seguinte acordei bem cedo com um fragmento de sonho ainda na minha cabeça. Não era aquele que havia perturbado minhas noites de criança e que fazia Sissy me acudir correndo. Imagino que eu tenha dormido com o braço cobrindo meu rosto, porque senti uma tumefação nos lábios.

Eu estava caminhando por uma passagem que ficava entre duas fileiras de pequenas casas, para chegar à última à esquerda, apoiada no arco de uma ponte ferroviária. Como acontece nos sonhos, eu me encontrava ao mesmo tempo no caminho para a casa e no leito da estrada de ferro. Havia sobre um montículo do terreno uma árvore anã, coberta de fuligem, perto do portão escangalhado. Vi um homem de quatro, apoiado nas mãos e nos joelhos, escavando o chão e com um pedaço de jornal em parte grudado, em parte agitando-se, solto, na sola de sua bota. Eu carregava uma criança cujo rosto frio, muito frio, trazia colado ao meu. Naquele instante, um trem atravessou a ponte com seus rangidos violentos, expelindo uma fumaceira negra que desceu até a rua. O homem ergueu-se de um salto e com um grito terrível de raiva correu em minha direção; num primeiro momento ele estava visível, no momento seguinte a fumaça o engoliu. O pedaço de jornal rodopiou nos ares e grudou-se como uma máscara no rosto da criança. A criança transformou-se em mim.

O mais desagradável foi que, ao ir ao banheiro para barbear-me, notei as pontas das unhas enegrecidas de sujeira. Fiquei bastante impressionado até lembrar-me de que depois do meu trajeto pelo setor de carga eu tinha ido para a cama sem me lavar.

Quando o camareiro veio, trazendo o café, comentou que eu não era o único madrugador que ele tinha servido aquela manhã. Mas, na verdade, afirmou, era muito comum os passageiros dormirem mal na segunda noite a bordo. Era tudo uma questão de acostumar-se a estar sobre a água, isso sem falar na aparição do foguista saindo da chaminé, que deixou um bom número de pessoas chocadas. As duas senhoras mais velhas no camarote 19 queixaram-se de pesadelos e o casal de meia-idade na suíte em estilo Jaime I chamara duas vezes pelo camareiro da noite.

"Dormi como uma pedra", disse-lhe. "Não sonho nunca."

"Ah, bem, senhor", disse ele, "isso há de ser graças à sua juventude e a uma consciência tranqüila."

Ainda não eram sete horas quando desci para procurar os encanadores; não queria me arriscar a chegar atrasado ao encontro com Thomas Andrews. Por sorte, ficou provado que eu tinha razão em achar que o defeito nas torneiras dos banheiros não era nada mais sério do que simplesmente carrapetas inadequadas; depois de escolhê-las no tamanho certo e insistir para que fossem instaladas na mesma hora, saí para tomar sossegado o meu café da manhã.

Scurra sentara-se no restaurante principal com Rosenfelder, este último tomado por uma febre de otimismo. Ao que parecia, a "sra. Duff" lhe havia contado que o sr. Harris, produtor de teatro, achava-se a bordo. Era só ele lhe dizer quando, e ela faria a apresentação.

"Ele está louco para aparecer na ribalta", disse Scurra com uma piscadela para mim.

"Desenhar figurinos para o palco dá muito dinheiro", protestou Rosenfelder. "A sra. Duff acha que meu talento está mais na linha do espetacular. Que há uma centelha de teatro nas minhas concepções."

"Você deve contar ao jovem Morgan os planos que tem para Adele", sugeriu Scurra.

E foi exatamente o que fez Rosenfelder, com certo luxo de detalhes. Na verdade, estragou meu café da manhã, já que eu era obrigado o tempo todo a concordar com a cabeça e sorrir. Se eu abaixava os olhos para cortar o bacon ou para passar manteiga no pão, ele batia com a colher de chá nos nós dos meus dedos a fim de que eu continuasse a lhe prestar atenção. Ele iria conseguir que Adele cantasse aquela noite no espaço cercado pelas palmeiras; a orquestra do navio iria acompanhá-la. Tinha sido uma idéia de Scurra. Ela estaria usando o vestido que ele sonhava pôr na vitrine da Macy's. Esta última idéia partira da sra. Duff.

"Eu então convidarei o sr. Harris para o concerto..."

"Esta é uma idéia que partiu dele próprio", interrompeu Scurra.

"E, num piscar de olhos, eu e a abandonada Adele nos tornaremos famosos", concluiu Rosenfelder.

Concordei que era uma esplêndida idéia e que tinha tudo para dar certo. A menos, é claro, que a ave canora de Fenwick's escolhesse não cantar.

"Pff", comentou Rosenfelder. "E desde quando uma mulher com duas libras na bolsa e botões faltando no casaco sabe o que seja essa coisa chamada escolha?"

Andrews e sua equipe chegaram atrasados pelo menos meia hora para a reunião fora do ginásio. Quando apareceram, o capitão Smith, trajando seu uniforme completo, com medalhas no peito imaculadamente branco de sua jaqueta, o engenheiro-chefe, o comissário de bordo e o chefe dos camareiros, todos empertigados seguindo os passos do comandante, já haviam iniciado sua inspeção diária. Era muito cômica a maneira como os nossos dois grupos ficavam constantemente ultrapassando um ao outro, vez por outra nos unindo num grupo só quando descíamos pelo navio examinando corrimões e escadas interiores, vigias e portas de circulação interna, tomando notas sobre a durabilidade dos revestimentos de piso, medindo as distâncias entre mesas e portas que faziam a comunicação com as cozinhas.

No convés F houve um certo tumulto quando o capitão Smith ia entrar nos banhos turcos e deu de cara com uma camareira em fúria que, tendo corrido lá de dentro ao seu encontro, barrou-lhe a passagem. Aparentemente ele havia esquecido que os banhos ficavam abertos para as mulheres no horário entre dez e doze da manhã.

"O senhor não vai forçar sua entrada", gritou ela, sem ligar a mínima para os galões no uniforme dele.

"Minha senhora", vociferou ele, "não tenho a intenção de forçar coisa nenhuma."

Aborrecido, deu meia-volta e foi esbarrando naqueles que o seguiam grudados aos seus passos. Confinados na estreita passagem, demorou até que conseguíssemos sair, e pelo menos dois da equipe de projetistas seguiram por engano o comissário de bordo e só foram nos encontrar de novo quando chegamos à sala do telégrafo Marconi. Eu me achava ali presente — embora espremido para o lado de fora, no corredor — quando um dos telegrafistas leu em voz alta a mensagem recebida do navio francês *La Touraine*, vindo de Nova York para o Havre, de congratulações com o *Titanic* por sua travessia inaugural, desejando-lhe boa viagem e avisando-o do gelo à sua frente.

Receei encontrar Adele durante nossa inspeção nos conveses da terceira classe. Como deveria cumprimentá-la? Se fingisse ignorá-la, com toda a certeza — uma vez que ela circulava à vontade pelo navio para cima e para baixo — isso seria comunicado a Scurra, que faria um julgamento desfavorável a meu respeito. No caso, embora os recintos públicos estivessem repletos de homens, mulheres e crianças, em sua maioria emigrantes tagarelando numa miscelânea de línguas, Adele não se achava entre eles.

Quando finalmente chegamos aos locais onde ficavam o motor e a caldeira, somente Smith, Andrews e o engenheiro-chefe tiveram permissão para entrar. Os restantes fomos examinar a área de refrigeração e os depósitos de carga, através dos quais passamos ouvindo o zunido do tal violino fantasmagórico.

Vinte minutos depois o destacamento que havia entrado para inspecionar as caldeiras reapareceu no corredor. Andrews enxugando a testa, a barba do comandante cintilando com gotículas de suor. Seus rostos reverberantes não deixavam transparecer nada do que pudessem estar pensando e, tanto quanto meus ouvidos puderam perceber, nenhuma referência a incêndio foi feita, nem manifestada qualquer expressão de dúvida sobre a estabilidade das anteparas.

Ao meio-dia fomos para os andares de cima e examinamos os recintos fechados de passeio. Andrews preocupou-se com o fato de um bom número de cadeiras de convés haver sumido do lado de bombordo. Ordenou-me que tomasse nota disso. Eu não tinha lápis e virei de costas para ele fingindo que escrevia. Por sorte, as cadeiras que faltavam foram localizadas momentos depois, dispostas em pilhas atrás da porta do Café Parisien. No lado de estibordo, o netinho da sra. Brown de Denver foi flagrado desenhando com a ponta do dedo nas vidraças das janelas. Como lhe dissessem para desistir, mostrou a língua. A babá limpou as vidraças esfregando-as com seu lenço e levou o garoto para baixo.

Uma vez no convés dos escaleres, fizemos uma fatigante caminhada em toda a sua extensão e gastamos ainda mais tempo com um minucioso escrutínio de seus vários guindastes e ventiladores. Todos foram considerados em boas condições de funcionamento. Quando passamos pela base do mastro de proa, os vigias no cesto da gávea estavam no revezamento de turno. Os dois homens que tinham deixado o serviço discutiam sobre um par de binóculos noturnos que estava faltando, um deles alegando que o tinha visto quando o navio saiu de Cherbourg, o outro inflexível em afirmar que não pusera os olhos nele desde que assinou o contrato para embarcar. Deu para ouvir muito claramente a conversa deles porque nossa marcha em grupo havia feito uma pausa temporária enquanto Thomas Andrews cumprimentava o sr. e a sra. Carter, que estavam aproveitando para dar uma volta antes do almoço.

Fomos retidos ainda mais tempo para uma inspeção dos escaleres, que eram em número de vinte, inclusive quatro balsas dobráveis [*Englehardt collapsibles*], tendo o capitão Smith feito questão de saber se estavam devidamente providos com cobertores de emergência. Sorrindo, o camareiro-chefe afirmou que sim, e que haviam sido checados, um por um, duas vezes. Mesmo assim, Smith insistiu em que baixassem imediatamente o escaler número 7 para que ele pudesse fazer a verificação em pessoa. Entediado com essa operação, Andrews pôs-se ao largo antes de ela ser completada e levou-nos para a proa.

Eu havia esperado impacientemente pelo momento em que subiríamos ao passadiço e nos defrontaríamos com as maravilhas da moderna tecnologia dentro do camarim do leme, e já havia pousado pelo menos um dos pés na escada do tombadilho quando Andrews, divisando uma figura feminina acocorada do lado de um banco a meia distância entre a primeira e a segunda chaminés, sugeriu que alguém fosse até lá darlhe assistência. Como eu me voltara para ouvir o que ele dizia e, por acaso, no exato momento em que ele olhava diretamente para mim, não tive como esquivar-me ao seu pedido.

A mulher era de meia-idade e estava envolta em peles para proteger-se do vento. De cócoras, excentricamente equilibrada em seus quadris, ela observava atentamente o chão do convés. Quando lhe perguntei se havia perdido algo, apontou para o que me pareceu ser um botão enfiado ao lado de um parafuso do banco. Ao inclinar-me para apanhá-lo, deu para notar um brilho do tipo de muco viscoso e então me apercebi de que se tratava de alguma espécie de molusco.

"Por favor, não puxe", gritou a mulher. "Tem que ser retirado com toda a delicadeza."

Meus esforços não foram inteiramente bem-sucedidos; ouviu-se um nítido som de coisa se despegando quando soltei o bicho encravado.

"O que é?", perguntei, imaginando que ela deveria ser alguma autoridade em crustáceos.

"Talvez uma lesma?", indagou-se a si própria, olhandome para ver se eu confirmava.

Ficamos os dois parados ali, baixando os olhos para o objeto que eu segurava na minha mão em concha. Minha vontade era dar o fora e ir juntar-me aos outros no passadiço. Fiz menção de colocar o animal na mão dela, mas ela retraiu-se, agarrando-se às peles na altura do pescoço.

"Meu jovem", disse-me, "estou atrasada para o almoço. Por obséquio, faça a gentileza de levar a criatura para dentro e depositá-la na terra de um dos vasos com palmeiras."

Fiquei junto à balaustrada, acompanhando-a retirar-se, e, quando as portas de vaivém se moveram para deixá-la passar, joguei a lesma ao mar. O dia era pouco estimulante, uma longa faixa de luz tênue separando o mar cinzento do céu cinzento. No horizonte, o que ficava parecendo ser um barquinho de brinquedo flutuava abaixo das garatujas traçadas por sua fumaça. Apressando-me ao longo do convés, ainda cheguei a tempo de ver a equipe de projetistas descendo a escada do tombadilho, e instantes depois nossa patrulha foi dispensada.

Segui imediatamente para o salão de fumar, encontrei Scurra sozinho lendo um livro e mandei vir um drinque. Ele comentou que eu parecia irritado. Contei-lhe que, tendo percorrido todo o navio e tendo chegado a poucos metros do único lugar que me interessava, ou seja, o passadiço, havia sido despachado para ir lidar com uma velha maluca que se tomara de amores por uma lesma.

"Ela mandou-me levar o bicho para a sala de estar", eu disse. "A fim de que se alimentasse das palmeiras."

"Mas é claro que você não fez tal coisa. Você jogou a lesma no mar."

Fiquei espantado, achando até que ele houvesse presenciado a cena.

"E há mais do que isso, não há?", acrescentou. "Vamos, seja honesto comigo. Não faz sentido conversar, a menos que se tenha como objetivo a verdade."

Embora hesitante, de início, quando nem sequer me havia apercebido de que o que estava em jogo era a verdade, nem desconfiava, mesmo, de sob qual aspecto eu me mostrara evasivo, acabei atinando com o que ele queria dizer e soltei tudo, bem mais do que eu pretendia. Isso se deveu em parte à sua habilidade de puxar por mim e em parte à inebriante satisfação que causa a uma pessoa falar de si própria. Contei-lhe sobre o incêndio no depósito de cargas, o sonho que eu havia tido na véspera, meu envolvimento com Tuohy em Belfast, o fato de ter visto Ginsberg com a mão na cintura de Wallis. Omiti, em relação ao incêndio, a opinião de Tuohy de que era legítimo recorrer à sabotagem na luta pela autonomia da Irlanda, coerente com a sua convicção de que os fins sempre justificam os meios.

Scurra interrompia-me, vez por outra, procurando esclarecer-se quanto a essa ou aquela afirmação, pedindo maiores detalhes, corrigindo suposições. Por exemplo, quando eu disse que os comícios socialistas a que eu comparecera me haviam abalado a alma e me convenceram da verdade inerente à teoria de Marx segundo a qual o valor real das mercadorias estava no trabalho a elas incorporado, ele me refutou incisivamente, insistindo em que o valor de qualquer produto estava em direta relação com a procura, e que embora a teoria da mais-valia fosse geralmente exposta com referência especial ao sistema capitalista de produção, na realidade era independente de qualquer sistema.

"É preciso distinguir", disse ele, "entre valor de uso e valor de troca. O ar que respiramos raramente tem valor de troca, mas tem sempre valor de uso, por ser necessário à vida. Filosoficamente falando, pode-se dizer que a vida tem valor de uso, mas só para o indivíduo. Sua troca significa a morte, que não tem valor nenhum, a menos que se esteja debaixo de um sofrimento intolerável."

"Talvez", disse-lhe, "devêssemos falar em importância e não valor, ressaltando assim mais fortemente o sentido de qualidade."

"Uma observação interessante."

O que me deixou radiante de prazer, ainda que não por muito tempo, pois em seguida fez em pedaços minhas opiniões recém-formadas, não através de uma demolição das idéias propriamente, mas do questionamento de minha capacidade de julgar, já que os jovens, segundo ele, são vítimas de ilusões, deixam-se levar por sentimentos de culpa desarrazoados e mostram uma acentuada inclinação, por força de combinações químicas inexplicadas e anseios imortais, para deixar-se abater sob o peso de ideais vertiginosos. Não foi grosseiro nem me fez sentir rejeitado; olhava-me afetuosamente enquanto punha a descoberto minhas falhas.

"Mas preciso acreditar em alguma coisa", ouvi-me argumentar em tom de súplica, "em algum objetivo..."

"Claro que precisa", disse-me, apaziguador. "É essencial na sua idade. Vai aprender a superar isso com o passar dos anos."

"Mas não quero superar isso. Tem de haver um novo modelo de vida... um modo diferente de..."

"De quê, exatamente?"

"De igualdade entre os homens..."

"Mas eles não são iguais", disse-me. "Nem seria desejável que fossem. Qual seria o valor da basílica de São Pedro em

Roma se qualquer outra igreja no mundo tivesse a mesma forma e dimensões? Imagine as flores no jardim, se fossem todas da mesma altura e da mesma cor?"

"Estou falando de pessoas", retorqui-lhe. "Não de flores."

"É inteiramente de esperar", disse ele, "que um jovem como você, rico, pomposo, ignorante da vida, da grande massa da humanidade, esteja de tal modo persuadido."

"Não sei de outros no mesmo caso", protestei. "Você não veria Ginsberg ou qualquer dos rapazes que conheço preocupando-se com a classe trabalhadora e o valor do seu trabalho."

"Eu estava falando de você", disse-me. "Seu temperamento o torna um ser à parte. Não só isso como as suas origens. Razão pela qual seu sonho era tão explicitamente simbólico das trevas e do perigo."

Surpreendeu-me que ele pudesse ser tão direto. Apesar de eu ter suspeitado que alguns da geração de meu tio estivessem a par dos começos de minha vida, nenhum jamais abordara isso de maneira tão descoberta. É bem verdade que o velho Seefax ultrapassara esse limite na noite da véspera, mas no caso dele poder-se-ia atribuir isso ao fato de estar quase senil.

"Na noite passada", eu disse, ansioso por mudar de assunto, "o sr. Seefax contou-me uma história confusa sobre uma mulher que circulara pelo lado de fora de um trem agarrando-se à parede lateral do vagão. Você sabe como ele divaga. Disse que tinha sido em Madri, onde ele diz ter conhecido você."

"De fato... conhecemo-nos numa recepção oferecida pelo embaixador. Seefax estava negociando com um certo fabricante de armas e eu estava acompanhando o julgamento de madame Humbert. Um caso extraordinário, não lhe pareceu?"

"Não entendi do que se tratava", confessei.

"Ela inventou um monte de mentiras, alegando ter salvado a vida de um milionário americano vítima de um ataque cardíaco no vagão vizinho. Tendo ouvido seus gemidos e encontrando-se fechada a porta da cabine dele, ela alegou que saíra pela janela e prestara-lhe socorro depois de conseguir o acesso pela lateral externa do vagão. Mais tarde ela apresentou cartas supostamente recebidas dele, em que prometia deixar-lhe em herança sua fortuna. Tudo forjado, é claro. Nunca houve esse americano, milionário ou não. Graças a essas cartas, ela levou a vida de uma madame Pompadour até ser desmascarada. Uma mulher engenhosa, você não acha?"

"Muito", eu disse. "Se bem que sem-vergonha."

"A não ser por uma questão de grau, não mais sem-vergonha do que a sua ação hoje de manhã cedo."

"De que ação você está falando?", perguntei, chocado.

"Fingir ajuda a uma senhora idosa e na verdade despachar uma lesma para as profundezas...", disse ele, com um sorriso moleque. "Ambos os atos demonstram pouca consideração pelos outros, sendo que, do ponto de vista da lesma, o seu é o mais repreensível."

Rimo-nos os dois; ele riu tanto que precisou enxugar os olhos com um lenço não muito limpo. Já refeito, perguntou-me por que não me declarava a Wallis.

"Na sua idade", disse-me, "você não tem nada a perder. Ela pode ou responder favoravelmente ou decepcioná-lo com delicadeza. Muito poucas mulheres são deliberadamente cruéis. Não está na natureza delas. Além de que todas as mulheres se encantam com ser admiradas."

Eu disse que não sabia que palavras usar. Wallis era uma garota tão inabordável, de uma pureza e retidão tão rigorosas!

"Meu Deus do céu", murmurou ele. "Como você conhece extraordinariamente pouco as mulheres, e essa em especial!"

Não almoçamos juntos; ele declarou estar sem fome e que preferia tirar um cochilo até a hora do chá. Só depois que ele se foi registrei na consciência que ele nada me havia contado sobre si próprio.

* * *

No almoço Hopper discutiu com Ginsberg. A briga ficou tão acalorada que em certo momento Guggenheim mandou Kitty Webb falar com eles para abaixarem a voz. Eu não me achava presente e só fiquei sabendo porque ouvi contar pelo próprio Hopper quando dei casualmente com ele e Melchett ao me dirigir à biblioteca à tarde. Hopper admitiu que chegaram à beira de se esmurrar. Evidentemente todos haviam bebido além da conta. Molly Dodge fora às lágrimas.

"Molly?", disse eu, incrédulo.

"Ginsberg estava mais uma vez aludindo à superioridade da marinha alemã", explicou Melchett. "E à natureza malévola do caráter alemão. Ele fica de uma teimosia intragável quando puxa o seu assunto predileto. Disse que o Kaiser era um louco e que estava a fim de destruir-nos a todos."

"Mas por que cargas-d'água Molly tinha de se ofender com o que Ginsberg acha do Kaiser?", perguntei, espantado.

"Pelo fato de a mãe dela ser alemã", disse Hopper. "E isso foi martelado por Ginsberg nos seus ouvidos o tempo todo. Ele afirmou que os alemães eram malucos, a mãe dela muito especialmente... A mãe dela se matou, lembra-se?... Tentei fazer com que ficasse quieto... Molly tremia... mas ele me chamou de idiota miserável e disse que a minha cegueira miserável era que não me estava deixando ver em que direção soprava o vento."

"Ela nunca conheceu a mãe", eu disse.

"Aí eu me enfezei, propus que saíssemos para resolver o assunto lá fora, e Kitty Webb então veio indagar o que estava acontecendo."

"Ginsberg recuou", disse Melchett, "por causa de Guggenheim. O sujeito é um terrível capacho."

"A mãe se suicidou", disse eu, "quando Molly tinha dois meses."

"A mãe da gente é sempre sagrada", disse Melchett sentenciosamente. "Não importa tê-la conhecido ou não." Era um comentário que não dava para discutir.

Na esperança de encontrar inspiração em algum livro de poesia, eu tinha preparado o espírito para ir sentar-me à biblioteca e escrever uma carta para Wallis. Não preciso dizer que nada mencionei de minhas intenções nem a Melchett nem a Hopper. Eles estavam descendo ao convés G a fim de disputar uma partida na quadra de tênis e insistiram comigo para que os acompanhasse. De início me recusei, alegando que tinha coisas mais importantes para fazer, mas depois cedi, com receio de que eles chegassem a me atormentar tanto que eu acabasse revelando meu segredo.

Encontrei o camareiro em meus aposentos quando fui lá trocar de roupa; ele tinha ido para abrir a vigia, e disse que estaria de volta daí a uma hora para tornar a fechá-la, o tempo necessário à renovação do ar no camarote. Ele tinha o rosto avermelhado e não se mostrava muito firme nas pernas, mas fiz de conta que não vi. A condição dele obrigava a um servilismo excessivo e compreendi que de vez em quando precisasse de um estimulante para manter-se no papel.

Na partida que disputamos não havia equilíbrio de forças. F. White estava de serviço na quadra e fez dupla com Melchett. Os dois eram de uma superioridade esmagadora em relação a Hopper e eu, White sendo um profissional e Melchett um campeão nos seus anos de estudante em Eton. Era dono de um vigoroso *backhand* (jogada com o dorso da mão virado para o adversário) e de um giro de pulso admirável. Quando jogava a bola para o alto e inclinava para trás a cabeça a fim de executar o serviço, seus dentes brilhavam refletindo as luzes da quadra. Com plena consciência de seu exagero, mesmo assim White deixava escapar a todo momento uns "Excelente jogada, senhor!" junto com um sorriso de superioridade.

Hopper estava embriagado demais para acertar na bola, seus lances se perdiam em qualquer parte dentro ou fora da quadra. Jogando em dupla, ele atrapalhava bastante, e no meio do quarto set, quando nossos adversários já se preparavam para nos ganhar a partida de zero, ao jogar o corpo para a frente senti uma pancada violenta na cabeça, não sei se da raquete dele ou se da fivela do seu cinto, e cambaleei pela quadra, com o sangue correndo solto de um corte acima do olho. Não era grave, e na verdade não havíamos tido qualquer esperança de ganhar o jogo, mas dei uns gemidos para deixar Hopper com culpa. Jamais fui suficientemente tolo a ponto de achar que o importante não é vencer.

Não que eu pudesse estender a situação por muito tempo, não com Hopper levando seus remorsos a tais extremos. Juro que vi lágrimas nos seus olhos quando ele cobriu minha testa com a manga de seu suéter.

"Que imbecil que eu sou", ficava repetindo, "que completo imbecil!"

"Será que ainda tem algum daqueles peixinhos esgana-gatas com você?", indaguei, mas ele estava aflito demais para pegar a alusão que eu acabava de fazer e esta só serviu para deixá-lo mais preocupado, convencido de que eu estava delirando. Há muito tempo atrás, ele havia me jogado de um muro no pomar e eu caí de braços e pernas estatelados em cima de uma plantação de melões, abrindo um ferimento no rosto ao chocar-me contra os cacos de um vaso partido. Achando que me havia matado, ele saiu correndo e foi esconder-se no abrigo de barcos, até que, ao anoitecer, mandaram-me à sua procura. "Você está vivo?", perguntou quando me viu parado na sua frente e iluminado pelo luar. Em seguida, como se quisesse ter certeza, estendeu a mão para sentir o calor de meu rosto com a ponta dos seus dedos, cuspiu para o lado e retirou-se caminhando com passadas firmes em direção à casa. Antes de eu ir dormir, ele me deu seu aquário com esgana-gatas. De manhã, tomou-me os peixinhos de volta.

White estava a fim de tratar-me como se eu fosse uma garotona fofa, esperando que eu me deitasse etc., mas eu disse que tinha um encontro marcado urgente. Hopper, que nunca foi de guardar arrependimento por muito tempo, primeiro tinha dito que me acompanharia até o elevador, mas depois lembrou-se de que precisava enviar um telegrama para uma mulher que conhecia em Boston, e bruscamente se foi. Afastei Melchett dizendo-lhe que só estava precisando de sossego.

Armado com dois volumes de poesia e um exemplar de *Romeu e Julieta* de Shakespeare, sentei-me à mesa da biblioteca e esforcei-me por escrever para Wallis. Logo desisti de Shakespeare, quando me dei conta de que, apesar das mais puras intenções de Romeu, Julieta mesmo assim enrubescia a cada momento. Além disso, já que era em busca da vida que eu me lançava, toda aquela ênfase na morte não tinha nada a ver. Nem dos poemas eu poderia aproveitar grande coisa: os únicos versos que me atraíram foram "Quando houvermos partido, amor/ Os bosques serenos permanecerão/ Serenos como estes", que, na verdade, me pareciam mais expressivos de uma ligação a caminho de seu fim do que de uma que estava apenas começando. Por fim, depois de muito riscar e substituir, escrevi simplesmente: "Querida Wallis, acho você maravilhosa. Por favor, preciso falar-lhe. Você me encontra hoje à noite às sete horas no passeio interno de bombordo?". Quis sugerir que nos encontrássemos no convés, mas sei muito bem como as garotas ficam transtornadas com a preocupação de que o vento possa desalinhar seus cabelos. Tinha acabado de pôr meu nome nessa carta reconhecidamente *gauche* quando uma pequena gota de sangue pingou do corte acima do meu olho e caiu sobre o papel; foi pousar exatamente do lado de minha assinatura e se expandiu em forma de uma estrela. Em vez de dar impressão de desmazelo, pareceu-me que acrescentava um certo colorido emocional. Nesse exato momento, Rosenfelder sentou-se à mesa no lugar diante de mim.

"Ela não topou", disse, queixoso. "Recusa-se terminantemente." As bochechas dele tremiam de angústia.

"Você está querendo me dizer que Adele não vai cantar?"

"Vai cantar, sim, vai se esgoelar de cantar... mas não com o meu vestido. Onde está Scurra?"

"Por que não quer usar o vestido?"

"Diz que não combina com a canção. Tem em mente alguma coisa oriental. Preciso de Scurra."

Falei-lhe que Scurra devia estar repousando mas que apareceria no Pátio das Palmeiras à hora do chá. Apontando para a minha testa, indagou se eu havia me metido em alguma briga. Ele ouvira falar de um bate-boca na sala de jantar. Alguns passageiros mais velhos tinham se queixado de a rapaziada ter cabeça fraca para a bebida.

"Foi Ginsberg", disse-lhe. "Ginsberg e Hopper discutiram por causa do Kaiser."

"Cada preocupação que os jovens têm!", admirou-se ele, olhando para o céu e batendo palmas como uma criança numa festa.

Não enfiei logo por baixo da porta o bilhete para Wallis, achando mais prudente ponderar sobre o texto enquanto dava uma volta pelo convés. Vários casais estavam encostados à balaustrada, contemplando o aspecto dramático do céu. A tarde chegava ao fim, o horizonte tomado por um amontoado de nuvens negras com uma orla de luz prateada. Bem quando eu estava olhando, o sol desprendeu-se das sombras que o bloqueavam, surgiu deslumbrantemente pálido e afundou aos poucos no mar com sua coroa carmesim. Um cachorrinho impaciente avançou até a balaustrada e pulou para cima, de boca bem aberta, achando que poderia apanhá-lo. Isso espelhava tão perfeitamente a ilusão contida em meu próprio comportamento, que na mesma hora tirei do bolso o bilhete e, ao fazer o gesto de jogá-lo ao mar, uma súbita lufada de vento arrancou-me o papel das mãos, soprando-o de volta para o convés, onde o cachorrinho frustrado pela experiência com o sol abocanhou-o de um salto e afastou-se dali, lépido e fagueiro, levando a presa em triunfo pelo convés afora. Horrorizado com a possibilidade de que outros lessem o que eu tolamente havia escrito, saí em sua perseguição.

Fiquei dando viravoltas em toda a extensão do convés e, quando julguei que havia cercado o maldito animal, eis que ele pula o portão de ferro na divisória da primeira e segunda classes, e some de minha vista.

Convencido de que a qualquer momento o ladrãozinho iria depor a minha carta aos pés do dono dele, e não querendo ser identificado, fiz correndo o percurso de volta. Assim que cheguei às portas do ginásio, aconteceu algo de extraordinário: o cão apareceu na esquina do passeio de bombordo e, correndo em minha direção, soltou a carta no convés. Por um milagre, embora o papel estivesse um pouco úmido no centro e a mancha de sangue meio esbatida, no mais o meu bilhete amoroso resistira incólume. Fiquei tão animado com esse golpe de sorte que decidi na mesma hora ir até o camarote de Wallis.

Ia eu cautelosamente avançando pelo corredor de estibordo do convés A — não queria dar com Wallis, Ida ou Molly — quando quem me aparece vindo da outra ponta senão Scurra. Encontramo-nos no meio do percurso e expressamos nossa mútua surpresa por ver um ao outro. Disse-lhe que me havia enganado ao enveredar por uma passagem traiçoeira e ele concordou que era fácil perder-se num navio daquele tamanho. Refizemos os nossos passos e pegamos o elevador, tendo ele comentado que dormira por duas horas.

"Machuquei-me jogando tênis", contei-lhe.

"Estou vendo", disse ele, olhando-me a testa. "Não se deve nunca ir atrás da bola. O segredo está em deixar que a bola venha até a gente, você não concorda?"

Depois me falou que tinha refletido sobre nossa conversa de antes naquele dia e que chegara à conclusão de que fora duro demais comigo. Afinal, os ideais eram importantes e era bom a pessoa ter a coragem de defender suas convicções.

"Fico feliz de que você pense assim", eu disse, ao que ele

respondeu que as convicções de nada valiam se não se fundassem no discernimento.

Ambos saímos do elevador no convés C e presumi que ele estivesse indo para os seus aposentos. Aproximávamo-nos da porta do meu camarote, quando ele tropeçou. O corredor era estreito, vínhamos caminhando lado a lado, acotovelando-nos um com o outro, ele deu um passo em falso e caiu. Reergueu-se de imediato, mas o rosto ficou lívido, sem uma gota de sangue. Eu estava a ponto de demonstrar minha preocupação e oferecer-lhe o braço para que se apoiasse, só que me contive a tempo, ao considerar como esse gesto poderia desconcertá-lo. Refletindo que se tratava de um homem orgulhoso e incapaz de aceitar ajuda, segui em frente, abri minha porta e indaguei, com a maior naturalidade, se estaria a fim de entrar e tomar um drinque comigo.

Dentro do camarote estava frio; McKinley esquecera-se de fechar a vigia. Quando puxei-a com força para conseguir vedação total, ouvi Scurra, que exclamava:

"Deus do céu!"

Virei-me para ele, achando que estivesse passando mal, mas ficara parado diante do retrato de minha mãe.

"Esse quadro", disse ele. "Que estranho vê-lo aqui justamente nesta parede. Evidentemente, não faz parte da decoração do navio...?"

"Não faz, não", eu disse. "Estava na casa de meu primo e eu o estou levando de volta para meu tio."

"Você sabe quem é a pessoa retratada?"

"Sei", respondi-lhe, e providenciei uísque e copos, retirando-os do armário. Ele sentou-se no sofá e olhou-me fixamente enquanto eu servia a bebida nos copos. Eu tremia. Sabia instintivamente que ele ia me contar algo, algo que eu esperava ouvir desde o momento em que pus os olhos nele pela primeira vez, no restaurante do South Western Hotel. Observei-o com maior clareza do que antes, reparei nas mãos grandes, no pescoço musculoso, nos fios grisalhos em sua cabeleira escura. Pela primeira vez, seus olhos mostravam-se sóbrios, atentos. Quando passei-lhe o copo, seus dedos tocaram os meus e recuei a mão instantaneamente, não querendo dar-lhe a sentir que eu tremia.

Por fim, ele disse:

"Não me entenda mal. Não a conheci direito. O que sei a respeito dela é muito pouco."

"Onde foi?", perguntei-lhe.

"Na Provença. Vinte e quatro anos atrás." Explicou-me que estivera em Paris a negócios e precisou ir ao Sul, a Aix, ficando na casa de campo de um marchand. Certo dia foram ao estúdio de um pintor chamado Cézanne, de quem o marchand havia comprado uma natureza-morta e dois retratos, um de um velho e o outro de uma garota...

"Minha mãe", disse eu.

"Fiquei sabendo o nome dela e, ciente do parentesco, recomendei ao marchand que entrasse em contato com seu tio. Ele não aprecia as obras modernas, como você bem sabe, mas nesse caso especial achei que faria uma exceção."

"E você conheceu minha mãe?"

"Só em duas ocasiões. Uma foi no estúdio do pintor, e a outra num café do lugar."

"Como era ela?"

"Era ainda uma menina. Um pouco parecida com o quadro, um pouco com você."

"Sou parecido com ela?"

"Uma semelhança muito ligeira... no olhar. Foi há muito tempo. Se eu soubesse que um dia me fariam perguntas a respeito, poderia ter observado melhor."

"Entendi que você estivesse sabendo", eu disse, para minha surpresa.

"Meu caro rapaz", comentou ele secamente. "Até de mim não se pode esperar que saiba tudo."

"Você me contou tão pouco", disse-lhe, levantando a voz,

e causou-me espanto o tom de raiva em minha fala. "Preciso saber mais."

"Não há muito mais para lhe contar", protestou ele. "Uma garota sentada num banquinho capenga, um cheiro de grude de coelho vindo da panela de ferro no fogão, uma mancha azul-cobalto no lajeado do piso..."

"Com quem estava ela?"

"Da primeira vez estava sozinha, a não ser pela presença de Cézanne. Da segunda, estava servindo mesas."

Fiquei sem fala por alguns momentos.

"Já vi que não gostou", disse ele. "Desculpe, mas você me pediu que lhe contasse."

"É duro", eu disse, com a voz me falhando, "pensar nela como garçonete de um café."

"Mas o que é isso!", repreendeu-me. "Julguei que você acreditasse na dignidade do trabalho e na igualdade do homem."

"E acredito!", respondi-lhe levantando a voz.

"Mas não quando tem a ver muito de perto com os seus, será isso?"

Ele estava enganado. Meus pensamentos não se relacionavam realmente com minha mãe. Nos recortes de jornais, ela era mencionada como uma viúva cujo marido, não nomeado, morrera no exterior. Jamais pensei em meu pai, nunca ouvi uma descrição de como ele era, nunca soube de ninguém que houvesse falado com ele, nem sequer meu tio. Minha mãe e ele se haviam conhecido em Londres, ela fugiu com ele para Paris, eles me conceberam e, dois meses antes de eu nascer, meu pai sumiu de cena. Era minha mãe que me aparecia em sonhos e somente como alguém a quem eu gritava por ajuda quando a velha fazia aqueles barulhos horríveis e eu tinha acessos de fúria.

"E você nunca conheceu *ele*?", não resisti a perguntar.

"Quem?", perguntou Scurra. Ele estava sentado na beirada do sofá, os ombros arqueados, uma expressão defensiva.

"Meu pai."

"Ela estava só", disse-me, fugindo à pergunta.

"É possível que ele ainda viva?"

Foi então que Scurra me entendeu, e toda esperança se desfez, pois ele declarou:

"Não sou seu pai, Morgan."

É claro que fingi ter havido um mal-entendido, que eu não pensara em nada disso, e é claro que ele respondeu que sabia que eu não tinha pensado e que, mesmo se eu tivesse pensado, considerava uma hipótese lisonjeira para ele. Depois disso ambos rimos, em seguida ficamos calados e então eu chorei.

Scurra levantou-se, limpou a garganta várias vezes, puxou do seu lenço e passou-o para mim. Ficou andando de um lado para outro enquanto eu continuava parado no meio do cômodo, com os ombros aos solavancos e lágrimas rolando pelo rosto. Ele não me disse para eu me acalmar, nem insistiu para que eu me controlasse. Ao passar por mim havia momentos em que me segurava os ombros, pressionando-os.

Desconfio que essa perda de controle tenha tido muito a ver com a pancada na minha testa. Choque retardado, não seria de admirar. Estranho foi que na hora eu não me senti nem um pouco envergonhado, embora, pensando retrospectivamente, veja que se tratava de um comportamento nada viril. Se tivesse ocorrido o inverso, se o descontrole tivesse sido de Scurra, ou de qualquer outro sujeito, eu certamente teria preferido que a terra me engolisse a testemunhar tal coisa.

Aos poucos fui me acalmando e Scurra disse secamente:

"Assoe o nariz."

Depois mandou-me ir lavar o rosto, e, uma vez feito isso, quando já recomposto reapareci, ele tornou a encher meu copo, dispensou com um gesto sumário as desculpas que tentei oferecer e mandou-me sentar.

"A primeira vez que me viu", disse ele, "você achou que já me conhecia de antes. Estou certo?"

"Algo assim", respondi-lhe.

"De fato, nós nos havíamos encontrado duas vezes", disse ele. "A segunda vez foi dez anos atrás, em Luxor, no Egito, quando eu me achava hospedado no Winter Palace e juntei-me à roda de seu tio num piquenique em meio às ruínas de Karnak..."

"Não estou lembrado."

"Você havia subido aos pés de Ramsés II e atirava ovos cozidos no seu amigo Van Hopper."

"Não estou lembrado."

"Tampouco espero que você se lembre da primeira vez", disse-me. "Você tinha cinco anos e estava sentado no gabinete do superintendente de um orfanato em Manchester."

Fiquei tão perturbado, tão admirado de que ele me houvesse conhecido antes de eu mesmo ter uma idéia de quem era, que me ergui de um salto e tê-lo-ia segurado pelos ombros se ele não me tivesse afastado com um empurrão avisando-me de que se eu não me compusesse e não continuasse sentado ele não diria nem mais uma palavra. Fiz como mandou; havia nele alguma coisa de um domador de leões, ao andar para trás e para diante, agitando o dedo em riste enquanto de sua boca partida iam jorrando os fatos.

"Recebi instruções dos advogados de seu tio para fazer indagações sobre o seu passado. Você tinha o nome certo e nada mais que isso. Havia sido trazido ao orfanato por um homem chamado Mellor, locador de uma casa onde você havia anteriormente morado com sua mãe. Os dois cômodos no fundo do andar térreo eram ocupados por uma rica solteirona chamada Barrow, que tinha mil e seiscentas libras investidas em importações da Índia e uma quantia considerável depositada em conta no Salford and Manchester City Savings Bank. Ela era locadora também de uma taverna e de uma barbearia. Debaixo da cama guardava um baú de metal com nunca menos de quatrocentas libras em ouro. Era evidente que ela não precisava morar em lugar tão sórdido, mas acreditava-se que se tornara alcoólatra e que por causa disso fora obrigada a sair de vários outros imóveis. A srta. Barrow ficou particularmente afeiçoada a você e, quando sua mãe morreu da gripe, uma semana depois de seu terceiro aniversário, ela o acolheu, não tendo havido qualquer objeção por parte do locador ou das autoridades."

Aqui Scurra fez uma pausa, presumivelmente para ver se eu próprio tinha alguma objeção a fazer, mas calei a boca. A maior parte do que ele me contara, menos o detalhe de a srta. Barrow ser proprietária de uma taverna, eu já sabia por ter lido nos recortes de jornais mostrados por Jack.

"No verão, dezoito meses mais tarde, a srta. Barrow adoeceu com cólicas estomacais, e ficou de cama. A princípio, atribuiu-se o seu mal a uma posta de peixe estragado, depois aos gases insalubres que emanavam do rio embaixo de sua janela. Em setembro, depois de ter sido examinada por dois médicos em quatro ocasiões, ela piorou. Em seus últimos dias sofria de vômitos e diarréia constantes, tendo como único consolo a proximidade do menino, que ela insistia em manter ao seu lado na cama."

Fez outra pausa, mas eu não desgrudava dele os meus olhos. Pela forma impassível como relatara esses pormenores tão terríveis, fiquei mais do que nunca convencido de que ele devia ser um advogado.

"Dois meses depois o locador e sua mulher foram indiciados sob a acusação de homicídio, e Mellor considerado culpado de envenenar com arsênico — extraído de papéis para apanhar moscas — o suco de carne que sua mulher assiduamente, vertendo-o em colheradas na boca, servia à inquilina. Ele foi enforcado em Pentonville. Quanto a você, como seu nome apareceu nos documentos arrolados pelo Tribunal e saiu publicado, ainda que numa única frase de um único jornal de Londres, logo foram feitas indagações e buscas para encontrá-lo."

Concluí que ele havia encerrado o relato, pois olhava para

mim em expectativa. Ao reparar que meu sapato estava desamarrado, abaixei-me para dar o laço.

"Eu diria que houve um desenrolar propício dos acontecimentos", comentou ele. "Não concorda?"

Silenciei. Ele insistiu comigo para que provasse do uísque, mas abanei a cabeça; meus pensamentos já estavam suficientemente confusos. Agora que ele havia posto para fora tudo o que sabia, pareceu irritar-se com o meu silêncio. Bocejou, consultou o relógio de algibeira e expressou surpresa diante da hora:

"Vou indo", disse-me, "talvez a gente se veja no jantar." E tomou a direção da porta. Ao abri-la, hesitou, depois virou-se para mim e disse: "Somos como carneiros no campo, tosando o capim sob os olhos do açougueiro que escolhe primeiro um, depois outro, para servir a seus objetivos. Em nossos dias felizes não pensamos nas atribulações que o destino pode nos reservar: doença, mutilação, perda das faculdades mentais, morte...".

"Como era a minha aparência com cinco anos?", interrompi-o. "Era pequeno para a minha idade?"

"Na média. Tinha a cabeça raspada para evitar piolhos."

"E eu disse alguma coisa? Mencionei minha mãe?"

"Você perguntou pela srta. Barrow e por um cavalo que ela lhe havia dado."

"Não me lembro do cavalo", eu disse, mas a porta já estava se fechando atrás dele.

Certos homens se retraem da sociedade quando a vida os fere com algum golpe inesperado. Não é o meu caso; preciso da presença de pessoas para restaurar meu ânimo, e, por isso, não via a hora de juntar-me aos outros para jantar. Na companhia de Scurra a gente se via forçado a contemplar a densa obscuridade do mundo, e, embora eu não fosse melancólico por natureza, havia sido afetado pelas sombras. Não que ele houvesse sido excessivamente brutal no resumo que fez do meu passado — afinal, até evitou mencionar que minha mãe fora sepultada em cova rasa —, mas não se mostrou suficientemente sensível ao referir-se à minha imagem de criança. Não lhe teria custado muito inventar um brilho de inteligência nos olhos azuis abaixo do crânio raspado.

Eu estava com o roupão em cima do corpo, preparando-me para o banho, quando o camareiro bateu à porta. Na minha pressa para ver-me livre dele, fui tolo na maneira com que prontamente perdoei-o por haver deixado a vigia aberta. Ele se valeu disso para prolongar sua permanência no camarote. Olhando-me com curiosidade, comentou que uma infusão de chá frio tinha ação benéfica sobre inchações. Deduzi logo que meus olhos deviam estar inflamados e tapeei-o com uma história de que um cachorro solto pegara o meu jornal e saíra correndo. "Persegui-o por toda a extensão do navio", disse-lhe. "O vento deixou-me os olhos ardendo."

"Devia ser um cão de caça, senhor", observou ele. Retirando do guarda-roupa meus trajes para a noite, colocou-os sobre a cama. "Certos ventos", prosseguiu, "são considerados como tendo um efeito nocivo sobre os homens tanto quanto sobre os animais. Sob sua influência sabe-se que o mais pacífico dos homens é capaz de perder o controle e agir com uma energia atípica. Já me aconteceu uma vez quando fazia a linha do Mediterrâneo. Por inclinação natural sou o que se poderia chamar de um tímido; no entanto, foi só começar a soprar o mistral e lá saí eu armado com um atiçador em perseguição ao médico de bordo, e o resultado foi deixá-lo estirado sem sentidos, tudo porque de repente não me agradou a maneira como ele espalhou o açúcar sobre seu pudim." Ele estava nesse momento preparando-se para esvaziar os bolsos do paletó usado durante o dia, e quando me lembrei do bilhete para Wallis, gritei com ele para que não continuasse a mexer nas coisas, o que o fez apertar os lábios, recolher o copo de uísque numa bandeja e retirar-se no mesmo instante do quarto.

Compreendi o motivo de sua curiosidade quando pude me ver no espelho. Obviamente Hopper não falara com ninguém sobre o desfecho da partida de tênis e por outro lado devia ter comentado com todo mundo a discussão na sala de jantar. Esvaziando os bolsos do meu paletó de tweed e transferindo o conteúdo para o paletó da noite, chamei o camareiro pela campainha repetidas vezes. Quando finalmente McKinley apareceu, pedi-lhe que desculpasse os meus modos grosseiros, estendi-lhe uma nota de um dólar e pedi-lhe para trazer-me uma jarra de chá frio. Agradeceu-me e levou um bom tempo para retornar.

Meia hora eu estive lavando a testa, com resultados decepcionantes. Ainda bem que não tinha conseguido entregar meu bilhete a Wallis; o supercílio começara a inchar e a pele em volta do olho estava inequivocamente assinalada por uma marca roxa. Bem quando eu estava fazendo o pior julgamento de McKinley, achando que ele misturara de propósito pouco chá com muita água, eis que me aparece e me traz um tapa-olho de cetim negro para que eu o usasse em público. O efeito era bem chamativo.

Cheguei ao saguão a tempo de ouvir o toque de clarim anunciando que estava servido o jantar, e tornei-me de imediato um centro de atenções, nem todas amigáveis. Minha aparência de pirata foi considerada uma prova de participação no tumulto em torno da estabilidade mental do Kaiser Guilherme e da mãe de Molly Dodge. Kitty Webb tomou minha defesa. Quando Guggenheim passou ao largo com um mal disfarçado olhar de desaprovação, ouvi-a dizer:

"Benny, não foi Morgan. Meu Deus, ele nem estava lá."

Lady Duff Gordon achou que estava sendo muito generosa ao parar para falar comigo.

"Morgan", falou bem alto, "agora a noite pode começar." Quando segurei na minha a sua mão enluvada, ela disse baixinho: "Garotos se comportam como garotos, mas esse garoto em particular tem que ter mais cuidado que os outros para não ofender as pessoas". Não houve tempo para lhe perguntar por quê.

Wallis e Ida Ellery estavam sentadas à mesa de Melchett. Quando me aproximei deles, a banda estava tocando algo de *O soldado de chocolate*. Meu coração começou a bater forte assim que Wallis ergueu os olhos para mim e sorriu. Senti que ela podia me ler como um livro aberto, e ainda bem que havia o círculo de cetim negro preso ao meu rosto: um dos olhos, pelo menos, permaneceria como uma página em branco.

Sentara-me e ainda estava ensaiando o que dizer a ela quando Rosenfelder, seguido de Ginsberg, fez sua entrada impetuosamente no restaurante. O alfaiate estava na maior elegância, o cabelo amansado para trás das orelhas, um alfinete com pedra preciosa espetado na frente da camisa.

"Scurra agenciou uma barganha", anunciou-me, enquanto se encaminhava a passos rápidos para um ponto mais distante na sala, onde se achava a mesa dos Duff Gordon. De lá, continuou a comunicar-se comigo por uma linguagem de sinais, as mãos juntas como em oração, a boca aberta como a de um tirolês entregue ao seu canto. Concluí que estava querendo me dizer que Adele iria usar seu vestido quando cantasse.

Ao voltar as costas para ele, tive o maior espanto de ver Ginsberg em nossa mesa, sentado frente a frente comigo. Melchett parecia constrangido, mas nenhuma das moças dava mostras disso. Longe de assumir qualquer culpa, Ginsberg apresentava-se mais seguro e provocador do que nunca, e logo tratou de monopolizar a conversa. Afirmou que eu havia tido sorte de não perder a vista, e que Hopper deveria ser fuzilado por comparecer à quadra de tênis semi-embriagado.

"Não é de admirar que esteja retraído, sem abrir a boca", disse ele, o que era espantoso vindo logo de quem.

Wallis mostrou-se afável comigo, chegando até a pressionar meu pé com o dela, embora isso tenha ocorrido quando Ginsberg disse uma asneira sobre um dos primos de Taft e derrubou um copo sobre a mesa. Não que ela estivesse realmente escutando. A maior parte do tempo ela ou passava os olhos pela sala ou fixava-os na porta. Se Ginsberg não estivesse sendo tão chato, eu até poderia ter pensado que ela se achava à espera de alguém. Quando ele lhe indagou se topava fazer uma aposta sobre a hora de nossa chegada a Nova York — havia consultado o comissário de bordo e tinha a informação de que percorrêramos trezentas e oitenta e seis milhas desde a hora do almoço na véspera —, ela virou-se para ele e retrucou asperamente:

"Nem todos entre nós acham-se tão ansiosos para que a viagem termine."

Tremendamente linda, os olhos como veludo marrom, as faces rosadas, uma veiazinha azul palpitando no côncavo de sua garganta — em pensamento fiz de conta que havia entregue o bilhete e que ela e eu tínhamos nos encontrado no passeio e chegado a um entendimento. Terminado o jantar, ela primeiro me deixaria conduzi-la em meus braços na pista de dança, e depois — mas a imagem que me veio à mente do que aconteceria nesse *depois* causou-me uma tremedeira tão forte que a colher que eu segurava chocou-se, retinindo desagradavelmente, na beirada do meu prato de pudim. Ida foi a única que percebeu, e, por delicadeza, fingiu nada ter visto.

"Você gostará de saber", disse Ginsberg, dirigindo-se a mim, "que Scurra também tem uma opinião inflamada sobre as características animalescas de tudo quanto é alemão."

Melchett resmungou para dentro.

"E ele fala por experiência. Seu lábio sofreu os efeitos do 'coice' de um fuzil Mauser."

"Ele foi mordido por uma arara", disse eu. Tive a atenção distraída ao ver Rosenfelder subir ao estrado da orquestra. Ele falou com o violinista, que lhe respondeu afirmativamente e em seguida o afastou do estrado usando o arco do violino.

"Vocês dois estão enganados", disse Wallis. "Fiquem sabendo que Scurra foi ferido pelo chifre de um touro em Cádiz."

Nesse exato momento a banda terminou o número que estava tocando e uns "Shhh!..." tumultuados fizeram-se ouvir partindo da mesa dos Duff Gordon, logo seguidos de um pedido de silêncio feito por Rosenfelder, trepado sobre uma cadeira. Sua intervenção foi bem-sucedida apenas em parte, uma vez que a sra. Brown de Denver já acabara de contar o final de uma de suas anedotas picarescas, e as gargalhadas dos cavalheiros na mesa dela abafaram as palavras iniciais da fala de Rosenfelder.

"Rosenfelder está aí abrindo a boca a propósito de quê?", perguntou Ginsberg.

"Ele organizou um recital", disse Wallis. "Uma certa srta. Baines vai cantar para nós."

Surpreendeu-me ela estar tão bem informada e logo fiquei conjeturando se ela saberia que essa "certa senhorita" viajava em terceira classe. Não querendo fazer-lhe uma pergunta direta, comentei com ela apenas que era estranho não termos sabido da existência da srta. Baines até aquele momento. Wallis deu um de seus sorrisos enigmáticos e disse que a maioria das coisas era estranha, e nada o era mais que os homens.

Quando ela e Ida se retiraram para retocar a maquiagem, Melchett, percebendo Molly Dodge na mesa dos Carter, declarou que ia para lá perguntar-lhe se estava se sentindo melhor.

"Ela ficou muito chateada horas atrás", disse, e acrescentou para ser ouvido por Ginsberg: "Também não era para menos!". Ginsberg nem piscou. Com a saída de Melchett, moveu de lugar a cadeira em que se sentava e veio para junto da minha. Apesar de estar colando a boca ao meu ouvido, falou tão baixo que me custou um grande esforço escutar o que dizia.

"Uma boa notícia", sussurrou-me. "Um passarinho me contou que o incêndio está quase dominado."

Hesitei antes de perguntar:

"Eles sabem qual foi a causa?"

"Pouca pressão nas mangueiras destinadas a refrescar o

carvão", disse. "Acho que foi a pressa de ter o navio pronto para partir na data marcada."

Nunca eu havia olhado para ele mais detidamente, em todo caso não tão de perto, e causou-me espanto verificar como era clara a sua pele em contraste com o vermelho carregado da boca. Ele recuou um pouco e foi a sua vez de estudar-me.

"Você não parece convencido", disse-me.

Claro que o demovi dessa impressão e tirei toda importância ao assunto, mas não sei se se deixou enganar. Meus sentimentos em relação a ele eram inteiramente ambivalentes: por um lado, eu o detestava, e por outro... bem, eu já sabia que ele era bastante seguro de si próprio, o que não é algo de que se deva fazer pouco-caso. Naquele dia, às margens do Tâmisa, quando se jogou na grama depois de eu o ter desafiado para uma briga, ele havia gritado: "Que é que eu vou provar derrubando você com um murro?". Ele partia da hipótese de que o derrotado seria eu, e não o inverso, e aquilo me impressionou um bocado. Era irritante no mais alto grau, mas, mesmo assim, não deixava de impressionar. Comecei a conjeturar se eu não o evitava simplesmente porque era assim que faziam todos, e pelos mesmos motivos; a gente instantaneamente descobre nos outros os defeitos que mais temos em comum com eles.

Um montão de gente aglomerou-se no Pátio das Palmeiras depois do jantar. Lady Duff Gordon cuidou disso, cercando-nos e conduzindo-nos a todos como a um rebanho de carneiros. Tampouco foi-nos permitido sentar onde quiséssemos, as mesas tendo sido removidas e as cadeiras rearrumadas diante do lance de escada que levava às portas espelhadas do restaurante *à la carte*. À direita da escada foi colocado um candelabro de pedestal, com três braços, um metro e meio de altura, a que se ajustaram, em cima, velas que seriam usadas pela primeira vez.

Devo dizer que lady Duff Gordon tinha razão quando vislumbrou em Rosenfelder um senso natural do espetáculo. Ele não pediu silêncio, simplesmente deixou-se ficar parado ali, com os braços estendidos, como se o fizesse para recolher as vozes dispersas. Quando os ruídos já quase haviam cessado, ele subiu os degraus, acendeu as velas, fez sinal para um camareiro que aguardava junto às portas do saguão, e no instante seguinte apagaram-se todas as luzes. Fez-se silêncio imediato. Com essa iluminação, num ambiente de magia criado pelas sombras a se agitarem, a escada assumiu a aparência de um palco. Com uma curvatura para o público, Rosenfelder anunciou que tinha a honra de apresentar, vinda diretamente da Ópera de Paris, a srta. Adele Baines. Dramaticamente ele se encaminhou para a esquerda, em direção às portas de vaivém que abriam para o passeio interno, e escancarou-as. Uma lufada de ar noturno lançou-se sobre as velas, ondulando-lhes as chamas. O burburinho das conversas retomou alento, embora não com a mesma intensidade de antes. Um cachorro, semelhante àquele que se apossara de minha carta, ficou dando voltas e mais voltas no carpete Axminster e terminou aquietando-se, com o focinho apoiado nas patas. Podiam-se ouvir várias mulheres queixando-se do frio. Uma figura surgiu no umbral da porta e de repente não se escutou mais nenhum som, a não ser o de todos prendendo a respiração ao mesmo tempo.

Ela estava vestida em trajes japoneses e usava uma peruca preta por cima da máscara cor de giz que era seu rosto. Caminhando em passinhos miúdos, como se tivesse os pés atados, ela avançou para o centro do patamar da escada. Dir-se-ia que não conseguia ver, pois os olhos por baixo das pálpebras pintadas tinham cor tão clara que se faziam invisíveis, e lá ficou ela à espera, divinamente alta, com as duas mãos apertando o peito de seda do seu quimono vermelho-papoula. A orquestra, então, começou a tocar.

Eu havia assistido freqüentemente a produções de *Madame Butterfly* em Londres, Madri e Nova York, e a história sempre me parecera inconvincente, de um sentimentalismo atroz. Quem pode acreditar que uma mulher, ainda por cima uma japonesa, seja capaz de tal paixão? Certamente eu não esperava sentir-me abalado pela interpretação dada por Adele ao papel de Cio-Cio-San. Eu encarara seu comportamento na véspera, quando ela havia corrido para a balaustrada do convés, como nada mais que uma encenação calculada para impressionar Scurra; mas agora, ouvindo-a cantar à luz de velas, julguei as coisas de outra maneira. Não foi apenas a sua voz que me comoveu, embora de grande pureza e expressiva em seu sentimento, nem o contraste entre a máscara desolada e lúgubre de seu rosto e a ardente intensidade que ela emprestou às palavras já tão gastas — mas, sobretudo, o haver-me apercebido de que ela, de fato, se preparara para morrer de amor.

Un bel dí, ve-dre-mo, le var-si un fil di fu-mo...
Sul l'estremo confin del mare
Poi la nave appare
Vedi? E venuto...

Nesse ponto, ela olhou para as portas de vaivém, com uma das mãos agarrada ao coração e a outra lançada para o alto como se para afastar uma alegria que ameaçava esmagá-la. Aí aconteceu algo extraordinário: também nós nos voltamos para olhar naquela direção e, apesar da obscuridade, era possível acreditar que ela vislumbrasse o uniforme fascinante sobre o fundo azul-escuro do céu...

"Não corro para recebê-lo. Eu não!/ Fico no alto da colina/ E lá espero..." Aqui ela tremia a voz um pouco, hesitante entre o êxtase e o desespero: "Espero por muito tempo, jamais me cansando/ de tão longa espera...".

E então tive certeza, súbita e assustadoramente, da crueldade que representou para ela aquela espera, porque a esperança é a última que morre, como dizem, embora quem espera — seja uma mulher no alto de uma colina ou uma criança balançando as pernas num banco de orfanato — logo adivinhe que a ordem que deveria vir dos céus se perdeu e que a espera há de durar para sempre.

Terminada a *Butterfly* — "Ele virá, ele virá, meu botão de flor de laranjeira... tiente la tua paura, io son sicura fede l'aspetto" —, depois de nossos estrondosos aplausos e de termos gritado por mais, mais (Adele não atendeu), as lâmpadas elétricas voltaram a acender-se e as mesas foram repostas em seus lugares. Quase no mesmo instante, tudo o que havíamos sentido desapareceu e nada restou da experiência além de três fiapos de fumaça subindo, em espiral, das velas apagadas. A orquestra atacou com um *turkey-trot* e Molly Dodge arrastou Melchett para a pista de dança.

Fui sentar-me com lady Duff Gordon e seu grupo, a que vieram juntar-se um Rosenfelder triunfante e Adele, esta ainda em trajes japoneses. Quando observei-lhe, em voz baixa, que era uma pena o seu vestido não ter sido apresentado, Rosenfelder assegurou-me que ele seria usado no domingo à noite, ao jantar.

"Scurra combinou tudo", sussurrou-me. "Estou feito. Ela tornou-se agora o centro de atração de todos e receberá a atenção devida a uma imperatriz."

Adele estava perfeitamente à vontade em nossa companhia, tomando champanhe e enxugando as gotas nos cantos de seus lábios pintados cor de ameixa com leves toques da manga do seu traje escarlate, em que se percebiam sinais de ação das traças. Ela disse ter se atrapalhado no início com o ritmo acelerado que o violinista imprimiu à música; da última vez que cantara aquela ária — foi num concerto dado pelos funcionários da Fenwick's — tocaram-na mais devagar. Nessa outra ocasião, também, ela empunhava um leque com que expressara o movimento das ondas em direção ao porto. Todos concordamos em que se tratava de um toque de mestre e o estalar das línguas foi unânime em sinal de lástima por tê-lo perdido.

Lady Duff Gordon indagou se ela se apresentaria numa

sala de concertos em Nova York. Se fosse o caso, nada seria mais simples do que organizar uma ceia comemorativa depois do espetáculo.

"Muita delicadeza sua", disse Adele, "mas resolvi encerrar minha carreira no palco. Minha voz nada tem de extraordinário."

"Mas você tem uma tal presença", exclamou lady Duff Gordon, "um tal carisma... Não creio haver jamais visto uma melhor interpretação de Cio-Cio-San, e digo isso levando em conta a grande madame Krusceniski." Ela estava tão ansiosa por transmitir a sinceridade de seu elogio que se inclinou por cima da mesa e segurou Adele pelos pulsos. "Minha querida", insistiu, "você tem um toque de gênio."

"Não desejo continuar cantando", disse Adele. "Já não sinto o toque leve do amor."

Essa expressão pretensiosa deixara-me intrigado, pensando, quando Rosenfelder pediu fósforos para seu charuto; ele tinha gasto todos os seus acendendo as velas. Afundando a mão no bolso, retirei tudo o que estava dentro e espalhei-o sobre a mesa. A fotografia que me foi introduzida no paletó por ocasião do episódio na Manchester Square caiu virada para baixo ao lado das chaves da porta de Princes Gate. No verso estava escrito a lápis: "Para G. R. de A. B., 1909". Rosenfelder estendera a mão para pegar os fósforos — cheguei a notar o brilho de seu anel com sinete — quando Adele com um gesto brusco afastou essa mão. Bateu o dedo insistentemente no retrato virado, indagando:

"Como foi que você conseguiu isto?" Seus olhos sem cor, de contornos traçados em preto, sondavam o fundo de minha alma.

"É uma história curiosa", respondi-lhe, um tanto surpreso, e contei-a, tendo Adele em seguida apanhado a foto; nesse impulso derrubou um copo, sentiu que perdia o equilíbrio, agarrando-se às bordas da mesa, e tombou para trás, desmaiada.

Scurra surgiu não se sabe de onde e ajoelhou-se a seu lado. Tocou-lhe o pescoço com o dorso da mão e tomou-lhe o pulso. O maldito cachorro avançou para saber o que estava acontecendo e Scurra deu-lhe um pontapé com o mesmo gesto mecânico que faria se tivesse que livrar-se da lama em seu sapato.

Adele logo se recuperou. Pediu desculpas por ter alarmado lady Duff Gordon e foi levada por Scurra, que a sentou num canto distante da sala e a abanou com um guardanapo. Lady Duff Gordon disse, para ser ouvida pelos mais próximos, que Adele era uma artista sensível. O marido franziu a cara e pareceu aborrecer-se com a história toda, mas é preciso levar em conta que foi o copo dele que Adele derrubou. Rosenfelder estava aturdido.

"Achei que fosse você quem iria desmaiar", disse-me. "Seu rosto estava tão branco quanto o dela. Que é que aparece na foto? Quem é esse homem que morreu na calçada?"

Eu lhe teria dado os esclarecimentos na hora se Scurra não me houvesse acenado. Adele sorria. Sentei-me a seu lado e ela exclamava:

"Obrigado, obrigado, meu querido amigo!" Segurando-me a mão, beijou-a. Pediu que eu lhe contasse a história toda mais uma vez, e me interrompeu em várias passagens. Que fim tinha levado o seu paletó? A polícia retirara-o das grades? Ele pronunciou o nome dela? Sofreu? Ataques cardíacos são dolorosos, não? A esta última pergunta Scurra respondeu que os enfartes são piores. Uma parada cardíaca, como parecia ter sofrido o seu amante, causa no máximo uns poucos segundos de desconforto. Ela me perguntou o que era que as crianças estavam cantando.

"Que crianças?"

"As que iam para o parque do outro lado da rua."

"Não creio que estivessem cantando", balbuciei. "Mas as vozes deram essa impressão por causa da distância."

"Como se fossem sinos", comentou ela. "Como sinos tocando." Ela tornou a agradecer-me, e disse que estava cansada e que gostaria de conversar mais na manhã seguinte. Scurra ofereceu-se para acompanhá-la ao convés de baixo, onde ficava seu camarote, mas ela não aceitou; era fácil contornar as barreiras desde que se seguisse o trajeto do comandante. Com um sorriso radiante, ela despediu-se.

"Não entendo por que se animou tanto", desabafei. "Esperava que fosse querer outra vez se jogar n'água. Será possível que, no final das contas, não gostasse dele?"

"Você não entende as mulheres", disse ele, e era bem verdade. "Se puder escolher entre o abandono ou o luto, uma mulher preferirá sempre este último. Uma preferência bem sensata, não lhe parece? Pelo menos, ela sabe onde ele está."

E em seguida, é claro, seus ombros sacudiram-se de tanto que ele riu, no que o acompanhei, incapaz de resistir. Era a sua maneira, acho eu, de marcar limites à capacidade de sentir pelos outros. Não há maior balela que supor possível sofrermos por tragédias outras que não as nossas próprias.

Sugeri darmos uma volta juntos pelo convés antes de dormirmos. Ele esteve em dúvida mas afinal topou. Quando nos erguíamos da mesa, veio chegando Wallis. Queria saber se a srta. Baines refizera-se do desmaio. Scurra respondeu que sim.

"Vamos apenas sair para tomar ar", disse ele. "Não creio que nos demoremos."

"Que horas são?", perguntou ela. Sem consultar seu relógio de pulso, Scurra disse-lhe que eram dez e quarenta e cinco, o que não correspondia à verdade porque, quando subimos as escadas, os ponteiros do relógio no patamar principal marcavam não mais que dez e um quarto.

Fazia frio no convés, e as poucas pessoas que por lá perambulavam vestiam casacos e echarpes. Passeamos ao som monótono do navio abrindo caminho no mar compacto. Era uma noite sem lua, sem vento; fragmentos de música para dançar chegavam do convés de baixo.

"Está cortante", exclamei, e a palavra aflorou de meu subconsciente como um peixe saído das profundezas.

"Um adjetivo curioso, em desuso", ponderou Scurra. "Cortante de entrar nos ossos, cortante é o frio mas também um comentário devastador... Você não se surpreende quando vêm à tona esses destroços do passado?"

"O cavalo de brinquedo permanece submerso", disse eu.

Prosseguimos nesse passeio, em silêncio; estava frio demais para nos determos diante da balaustrada. Eu tinha a sensação de que Scurra se desligara, e tentei pensar em algum tema interessante para discutir, alguma coisa que fizesse seus pensamentos retornarem a mim. Fiquei na dúvida se seria indelicado perguntar-lhe qual havia sido o conselho que dera a Bruce Ismay tantos anos atrás.

"Estive refletindo sobre a nossa conversa de ontem", acabei por dizer, "com respeito à distribuição do capital. Talvez eu estivesse errado... há sempre um outro modo..."

"Deus do céu", resmungou ele. "Como são fáceis de abalar as convicções!"

"O que eu quis dizer", protestei, "é que possivelmente faria melhor se combatesse as desigualdades a partir de uma posição de força. Algumas das idéias do camarada Tuohy... Estou de acordo com elas, é claro... Quero dizer: parecem-me bastante razoáveis na teoria..."

"Mas seria mais vantajoso fazer parte do sistema em vez de opor-se a ele", insinuou Scurra.

Fiz que sim com a cabeça.

"Com os mais nobres motivos, é claro."

"Sim, claro..."

"Sem dúvida, você tem planos de melhorar as condições de trabalho. Talvez esteja cogitando de centros de lazer, pavilhões para o jogo de críquete..."

"Sim", respondi-lhe entusiasticamente. "Sim, isso mesmo", embora até então essas coisas não me houvessem passado pela cabeça. A visão de uma cidade-jardim tomou-me os pensamentos — casas cobertas de sapê, um hospital, campos para jogos, um cemitério com anjos estendendo as asas sobre túmulos bem cuidados.

"Se você algum dia chegasse a esse ponto", Scurra retrucou, "teria uma bruta decepção com o resultado. Não tardaria a perceber que a motivação pelo lucro, que agora você considera tão venal, é uma questão de simples senso comum..."

"Nunca", protestei.

"Depois de você ter pago a cirurgia feita pelo médico... o colégio... naturalmente, você há de querer financiar um orfanato... e depois que as construções tiverem sido terminadas em tempo... a plantação de heras junto às fundações é de grande ajuda para promover essa ilusão... você há de deparar-se com a ingratidão... até mesmo com a hostilidade... cochichos de descontentamento justamente entre as pessoas que você se empenhou em ajudar. Inevitavelmente haverá uma exigência de salários mais altos... e por que não, uma vez que se tornou patente a todos que você tem dinheiro para jogar fora...?"

"Não será assim", gritei.

"Na melhor das hipóteses, sua generosidade será encarada como paternalista, e, na pior, como tentativa de um rico para entrar no reino dos céus. O que não deixa de ser uma apreciação sensata, não lhe parece?"

"Não acredito no céu", murmurei. "Só na justiça."

Ele ainda estava com risinhos, quando uma figura apareceu por baixo de onde se achavam içados os botes salva-vidas. Era Riley. Agradeceu-me (com algum atraso) a gorjeta que lhe enviei por meio de McKinley. "Muito cortês de sua parte", disse ele, "mas, claro, afinal o senhor é um cavalheiro." O sarcasmo estava patente.

Scurra perguntou se era verdade que agora já não atracaríamos em Nova York antes da manhã de quarta-feira.

"Parece-me que nossa velocidade está abaixo do que se esperava", disse, ao que Riley respondeu que sim. Não tinha certeza se era por necessidade de poupar carvão ou porque o livro de bordo registrara, só nas últimas vinte e quatro horas, seis alertas sobre a presença de gelo no caminho.

Fomos para dentro pouco depois. Sentia o osso acima do olho começando a latejar. O aperto de mão de Scurra não foi tão firme quando nos separamos para ir dormir. Atribuí isso ao frio.

4

Sábado, 13 de abril

Algo que Rosenfelder disse, e a diatribe que se seguiu, reforçaram-me a consciência de que minha vida era uma confusão e que havia necessidade de mudar. Eu sempre soubera disso, é claro, mas tinha por certo que no devido momento e nas devidas circunstâncias, como por exemplo minhas experiências em Belfast, tudo se acomodaria da melhor maneira. De repente o alfaiate antecipou-se a mim na consciência do desastre iminente que me ameaçava.

Ao romper o dia, eu havia acordado me sentindo francamente inquieto. Dormira sem sonhos, ou pelo menos sem sonhos de que eu me lembrasse, no entanto havia algo me perturbando. Depois de refletir sobre os acontecimentos da véspera, concluí que isso era o que seria de esperar levando-se em conta o turbilhão de meus pensamentos desde que encontrara Scurra. Vesti-me e fui para o convés. O sol elevara-se acima do mar cinza-azulado e riscava o céu com tons róseos. Fazia muito frio e a quietude era absoluta; até mesmo o imenso navio aos meus pés não parecia mais que uma prancha de madeira flutuando inerte sobre as profundezas insondáveis daquele oceano vasto e silencioso. Senti-me mais inquieto do que nunca, o que me encheu de melancolia. Com a idéia de que um pouco de exercício serviria para curar-me, desci até as piscinas e encontrei Rosenfelder movimentando-se impaciente no corredor. Fomos forçados a esperar até que a atendente chegasse trazendo as chaves meia hora depois.

A conversa girou em torno de Scurra e da atração que exercia sobre nós. Era um sujeito tão estimulante, profundo sem ser obscuro, culto sem pedantismos. Nenhum de nós tinha certeza sobre sua profissão. Arrisquei ser ele um advogado, mas reconhecia que, com um círculo de relações tão amplo como era o seu e os conhecimentos que demonstrara de pintura, economia e política, podia exercer qualquer de uma porção de ofícios. Estávamos lembrados da maneira como tão eficientemente lidara com o desmaio de Adele. Talvez fosse médico, mas talvez, quem sabe, dono de um jornal. Rosenfelder vira-o jantando com o sr. Stead no restaurante *à la carte*.

Foi depois de termos nadado três ou quatro vezes o comprimento da piscina e de termos nos estirado temporariamente nos degraus ladrilhados para retomar o fôlego — Rosenfelder esbaforido como uma baleia — que me vieram ao pensamento as diversas explicações dadas para a cicatriz na boca de Scurra.

"Naquela primeira vez em que nos falamos", eu disse, "quando você segurou o meu braço e perguntou quem era Scurra... você parecia julgar que ele havia tido um duelo."

"E foi verdade. É o que explica o seu lábio."

"A mim ele disse que tinha sido bicado por uma arara na África do Sul. E Archie Ginsberg acha que foi o coice de um fuzil."

"Se foi uma ave... se foi um fuzil... que diferença faz? Serve para despertar o interesse." E em seguida mergulhou n'água, afundando em pé, com a touca de banho a agitar-se como uma folha de nenúfar. De volta à tona, perguntou: "As pessoas com quem você anda... acha que são divertidas?".

"Algumas mais do que outras."

Foi então que ele disse:

"Você não percebe que nenhuma delas é normal?"

De início pus-me na defensiva, sobretudo porque receava estar incluído naquele julgamento, mas logo silenciei. Nada do que ele afirmava podia ser refutado. Meus amigos, argumentou, não estavam vivendo no mundo de verdade. Sua riqueza, suas infâncias mimadas, sua educação estreita, sua licenciosidade afastavam-nos da realidade. Alguns, aqueles com mais inteligência, poderiam lutar para cair fora, e talvez o conseguissem por um certo tempo, mas, a longo prazo, como num efeito bumerangue, era inevitável que tornassem ao ponto de partida.

"Quer dizer que há poucas esperanças para mim", disse eu.

"Você é diferente. Você tem uma consciência. Os outros vão continuar empoleirados num monturo de dinheiro acumulado por aqueles que conseguiram escapar da sarjeta da Europa."

"A impressão que tenho é de estar ouvindo Scurra falar", disse-lhe.

"Falo como qualquer homem que deixou de ser jovem", retrucou-me. "São companhias indignas de você. Afaste-se de sua influência. Entre pessoas melhores, talvez você encontre a felicidade."

Não tomamos o café da manhã juntos, porque a sra. Duff ia levá-lo para conhecer o sr. Harris, produtor de teatro. Não me dei ao trabalho de voltar para o meu quarto, decidi ir diretamente para o restaurante. Fui cheio de boas intenções. Wallis lá estava com Ida e chamaram-me para sentar-me com elas. Rosenfelder não havia mencionado mulheres na sua lista de indesejáveis. Quando cheguei à mesa, Wallis inclinou-se para mim e alisou para trás os cabelos molhados que eu tinha sobre a testa. Era um gesto íntimo, nem um pouco maternal. Depois, encolhendo-se um pouco na sua cadeira, confessou-se triste.

"Por quê?", perguntei.

"Porque você se desvia do seu caminho para evitar-me, Morgan. O que é uma lástima, já que eu gosto tanto de estar com você." Parecia absolutamente sincera. Estava com um vestido azul preso ao ombro por um botão de vidro com que ela brincava enquanto me olhava fixo o tempo todo; nem sequer uma vez olhou na direção da porta. A expressão de seus olhos podia ser descrita como ao mesmo tempo afetuosa e subserviente.

Não achei que estivesse me enganando a mim mesmo. A própria Ida pareceu sentir que algo se passava; eu sabia que ela não usava açúcar e, no entanto, mexeu o seu chá tão energicamente que acabou entornando-o no pires. Mas não me deixei levar de imediato por minhas impressões; de outras vezes Wallis já havia feito crescer minhas esperanças, para em seguida esmagá-las com a mesma rapidez.

"Eu próprio me senti deprimido há pouco", disse-lhe. "Tudo tão vazio lá fora!" Olhei em direção à janela que recortava o dia, agora radiante, em quadrado de intensa luz; já nem conseguia me lembrar por que o mundo me parecera tão sombrio.

Wallis disse:

"É de deixar a gente confusa, não é mesmo? O desejo de voltar é tão grande e, no entanto, mal se chega dá uma vontade de fugir na mesma hora."

"Mas, para onde?", objetei. Falar com Wallis não era muito diferente de discutir com Scurra. Eu diria que ele havia contaminado o navio.

"No seu caso", disse ela, "imagino que você já tenha tudo planejado." E de novo tocou-me, dessa vez apenas um leve roçar da ponta dos dedos na pele machucada acima do olho.

"Se andei evitando você", menti, "é porque a cabeça não pára de pensar. Meu futuro... esse tipo de coisa. Com vocês, moças, é diferente."

"Diferente, não há dúvida", respondeu. "Mas não menos difícil. A não ser que, como Sissy, a gente desista com o casamento."

"Ela não desistiu", protestei. "Foi um casamento por amor."

Wallis disse que ficava feliz de ouvir isso e que imaginava como eu devia ter me sentido solitário depois que Sissy se foi com Whitney e montou sua própria casa. Éramos tão ligados! Não podia ser fácil para mim morar com minha tia... agora que ela estava surda e muitas vezes fora do seu juízo.

"Gosto muito de minha tia", disse-lhe, inflexível, "e tenho uma porção de amigos. Amigos demais, às vezes me dá essa impressão." Não precisava de que Wallis tivesse pena de mim e achei ofensiva sua alusão aos problemas nervosos de minha tia, pelo menos até eu me lembrar de que ela carregava também uma cruz com a loucura de sua própria mãe. Então pensei: "É verdade, nenhum de nós é normal".

"Hopper se queixa de que eu o evito também", disse-lhe. "Acho que sou desses amigos de bom tempo que mudam quando muda o vento." Ela pareceu refletir sobre isso, olhando para mim sem nada dizer e torcendo o tal botão de vidro insistentemente. A coitada da Ida não sabia onde se meter; começou a cantarolar de boca fechada a ária de Adele na noite da véspera.

"A gente se divertiu, outro dia, com um jogo na hora do chá", disse Wallis. "Hopper, Charlie, Archie Ginsberg, a turma de sempre. Tema: quem você escolheria para lançar fora de um balão se ele estivesse em perigo de despencar?"

"Que eu me lembre, o jogo era com um navio que está por afundar..."

"O esquema é o mesmo", disse ela. "Você ficaria surpreso de saber quem foi o primeiro escolhido."

"É um jogo cruel", disse-lhe. "E espero que tenha sido Ginsberg."

"Não", exclamou Ida. "Foi o Charlie. Ele ficou bem aborrecido. Escolhemos Ginsberg, mas ele alegou, em sua defesa, que sabia tudo sobre balões e que era a única pessoa capaz de fazer-nos descer em segurança."

"A seguinte foi Ida", disse Wallis. "E depois você."

"Eu?!", exclamei, tentando não parecer surpreso.

"Sim, senhor, você", disse ela. "Porque todos concordamos em que você não se daria ao trabalho de argumentar em defesa própria. Estávamos certos, não?"

Dei de ombros e admiti que provavelmente sim.

"Você acha", perguntei, "que, se a gente subisse num balão, a Terra pareceria estar caindo em vez de o balão subindo?"

"Você não tem muito em comum com Van Hopper, não é mesmo?", disse Wallis. "Nem com Charlie. Você vai fundo nos assuntos."

Era a segunda vez naquela manhã que me apontavam como diferente. A coisa envaideceu-me, embora naturalmente eu protestasse que era um sujeito bem dentro da média. Ela não concordou com isso de modo nenhum. Em sua opinião, eu era especial. Tinha um jeito arredio que era ao mesmo tempo tentador e comovente.

"Tentador?", perguntei.

"Sim", disse ela. "Muito."

Não preciso dizer que desviei os olhos para a comida no meu prato e que não cabia em mim de emoção. Era óbvio que bastaria eu dizer uma palavra e ela consentiria em marcar um encontro. "Vou parar de sonhar", disse comigo mesmo, esmigalhando minha torrada.

O tempo havia passado e já eram dez horas. Ela e Ida levantaram-se. Iam para os banhos turcos. Wallis deu uma olhada na sacola que estava carregando e voltou a sentar-se.

"Que tonta que eu sou", lamentou-se. "Esqueci meu roupão de banho." De uma forma encantadora, pediu-me que lhe emprestasse o meu; afinal, era cansativo demais ter que percorrer de volta todos aqueles corredores.

"Em cima do traje de banho tudo o que eu tenho é o roupão", disse eu, "e ainda está um pouco molhado."

"Que importa?", respondeu ela. Dá para imaginar a alegria com que o passei às suas mãos.

Fiquei boa parte da manhã na sala de correspondência, relendo minha carta da véspera. Impulsivamente acrescentei a frase "anseio por nossa união" e risquei-a momentos depois, com receio de que ficasse parecendo demais com uma proposta de casamento. Não era propriamente a felicidade conjugal o que eu tinha em vista. Para que essa frase leviana não corresse nenhum risco de ser decifrada, rasurei-a sobrepondo-lhe a palavra *lapela* repetida cinco vezes. Quem me ensinou isso foi Sissy, quando certa vez grafitei na parede do quarto uma expressão que é comum encontrar-se nos mictórios públicos e que não houve esfregadela capaz de fazer sair; as pernas dos *ll* e dos *pp* obscurecem qualquer traço que tenha sido escrito por baixo. Poderia haver substituído a folha de papel, mas definitivamente me ficara a impressão de que a gota de sangue sob minha assinatura causava certo efeito.

A manhã durou uma eternidade. Pelo menos meia dúzia de vezes rondei as portas dos elevadores na esperança de ver Wallis, e fiquei uma hora inteira no meu camarote esperando que ela fosse bater à porta, com um sorriso sedutor desenhando-se nos seus lábios úmidos, meu roupão molhado trazido no braço.

Na hora do almoço não a encontrei em nenhuma das salas de refeições. Hopper disse que a havia visto antes jogando malha com Melchett e com a sra. Carter. Tomei um drinque com ele e Rosenfelder no salão de fumar e conversamos por pura tagarelice. Rosenfelder estava animado porque mostrara ao sr. Harris um esboço do vestido com que Adele iria finalmente desfilar como modelo e ele o considerara excelente.

"E é mesmo", exclamei, empolgado. "O mais belo vestido do mundo."

"Você ainda nem o viu", disse Rosenfelder. Ambos olharam-me com estranheza. Eu estava ansioso por fazer-lhes confidências mas não podia confiar em que Hopper guardasse segredo; e não queria ter Ginsberg caçoando de mim a viagem inteira.

Não sei como consegui atravessar aquela tarde. Sentia-me ora feliz, ora impaciente, ora em pânico. Bebi horrores, é claro, e escrevi uma ridícula carta a meu tio contando-lhe como eu pretendia seguir seus passos e fazer com que se orgulhasse de mim. "Não esquecerei nunca", escrevi, "que, se não fosse pelo amor que o senhor sentia por sua primeira esposa, eu agora estaria possivelmente me matando de trabalhar numa manufatura de algodão em Lancashire." Felizmente ainda não tinha avançado muito quando rasguei a carta, o que me evitou de cochilar em cima da escrivaninha.

Fui sacudido dessa modorra pela mão de Ginsberg no meu ombro. Ele olhou-me preocupado e perguntou se eu não estava me sentindo bem.

"Pelo contrário", disse-lhe. "Nunca me senti melhor. Que horas são?"

"Não me parece..."

"Andei bebendo", respondi-lhe com impaciência. "Já passa das seis?"

"Dez minutos", disse ele, o que me fez levantar sem muita firmeza nas pernas e sair às pressas do recinto.

Só tive tempo de lavar o rosto e passar uma escova no cabelo antes de entregar o bilhete a Wallis. Se tudo corresse bem, pouco importaria que eu não estivesse apropriadamente vestido para o jantar; a comida seria a última coisa em que estaríamos pensando. E se corresse mal e ela me rejeitasse — bem, nesse caso eu me jogaria ao mar.

Aquela peste de camareiro, o McKinley, fez tudo para me atrasar, tagarelando sobre uma fofoca que ele tinha ouvido a respeito de George Dodge.

"O jovem Dodge, senhor", disse ele, "ameaçou o sr. Ginsberg com uma surra memorável por ter atormentado sua irmã."

"O jovem sr. Dodge", retorqui-lhe eu, "não seria capaz de matar uma mosca, quanto mais sair para uma briga. Aconselho-o a parar de dar ouvidos a fofocas."

Com o coração aos saltos, cheguei ao convés A e fui me aproximando do camarote de Wallis. Por sorte, as pessoas estavam trocando de roupa para o jantar e o corredor achava-se deserto. Ajoelhei-me, enfiei o bilhete por baixo da porta e fiz de volta, correndo, o caminho por onde eu tinha vindo. Em pensamento vi-a sentada à penteadeira, acomodando uma das mechas do cabelo. Um instante depois, levantava-se, ia até o aposento contíguo e dava com o retângulo branco no chão. Agora estava ajeitando uma prega em seu vestido... dava os poucos passinhos curtos que a fariam entrar em minha vida... apanhava o envelope, rasgava-o, alisava a marca deixada pela dobra no papel com o borrão diluído debaixo do meu nome. Ela franzia o rosto. "Ah, meu Deus!", gritei bem alto, e, irrompendo pelas portas do saguão, dei de cara com ela.

Não tenho a menor dúvida de que minha reação foi de um arrebatamento excessivo. Por alguns segundos pensei que o tempo havia se acelerado e que ela estivesse indo para o nosso encontro; cheguei a tomá-la em meus braços. Caí em mim quando ela me bateu com seus punhos. Perplexo, soltei-a. Ela disse friamente:

"Morgan, sugiro que você tome várias xícaras de café. Vou fazer como se isto jamais houvesse acontecido. Seria o melhor, você não concorda?" E saiu andando em direção à biblioteca.

Não me lembro de ter voltado ao seu quarto. Pelo que me ficou na memória, eu poderia muito bem ter feito o percurso em balão, pois foi como se o chão tivesse se aberto debaixo de mim. Tive a presença de espírito de bater à porta, para o caso de lá se encontrar Ida. Ao entrar, senti um perfume de lavanda. O envelope permanecia como um diminuto capacho sobre o carpete. Depois de apanhá-lo, passei para o quarto. Estava às escuras, mas a luz que vinha da sala de estar mostrava o vestido de Wallis jogado sobre a colcha da cama. Havia um par de sapatos abotoados saindo para fora dos babados do dossel. Meu roupão de veludo formava um volume amarrotado na sombra produzida pela porta entreaberta. Eu estava ali parado, notando os reflexos que partiam do recipiente de pós-de-arroz sobre a penteadeira, e a fosforescência das meias de seda penduradas na maçaneta do guarda-roupa, quando ouvi a porta abrir-se e fechar-se no cômodo anexo.

Wallis disse:

"Depressa." Sua voz soava entrecortada, como se ela houvesse estado correndo.

Scurra disse:

"Minha cara, você sabe que essas coisas eu nunca faço depressa."

Envelheci prematuramente ao agachar-me todo encolhido nas sombras daquele quarto cheirando desagradavelmente a lavanda. Apesar da assustadora situação em que eu me encontrava — a qualquer momento podendo ser descoberto —, ardia de ciúmes com tal intensidade que precisei manter as mandíbulas bem cerradas para evitar que meus dentes ficassem batendo uns nos outros. E não era pelo receio de que pudessem chegar a ouvir-me. Como eu me deixara iludir bobamente, pensando que não desejava nada mais que um passatempo amoroso sem compromissos, do tipo daqueles descritos por homens que eu considerava felizardos — pois agora, ouvindo essas vozes que alteavam e baixavam e recomeçavam com tão horrível nitidez, eu tremia de repulsa. Não eram propriamente as palavras que me chocavam — "Quero esse delicioso pau", nem a resposta dele: "Mostre-me essa deliciosa boceta" —, mas o contexto em que eram empregadas. Tudo bem se fossem ditas com raiva, em caçoada, ou com desprezo, mas destoavam tanto ligadas ao ato de amor! Acho que perdi o controle por alguns momentos, ou fiquei sob o controle de forças mais primitivas, pois desavergonhadamente grudei-me ao batente da porta e acertei os intervalos dos meus gemidos com os deles. Terminou mais rápido para mim do que para eles, de modo que, na condição de voyeur cego, tive que buscar por lembranças para obliterar o rumor que continuavam emitindo seus amplexos animalescos.

Minha tia levou-me para ver a cratera do Vesúvio quando eu tinha onze anos. Pegamos o funicular para chegar ao cume. Da plataforma da estação tinha-se uma vista meio enfarruscada da curvatura do litoral de Nápoles, o mar e a cidade resplandecendo numa trama dourada que tecia o sol poente. Uma refeição de sete pratos, servida antes de partirmos, estava incluída no preço da passagem. Começou com uma sopa e uma costeleta de carneiro, e terminou com sorvete. O compartimento reservado às refeições ficou tomado pelo barulho das pessoas mastigando e engolindo. Enrolei minha língua em volta da pedra de gelo e chupei-a até reduzir seu tamanho. "*Me amarre*", *disse Wallis.* O trem funcionava por meio de cordas que, em virtude da tensão extrema a que eram submetidas, davam uns estalos assustadores à medida que subíamos aos arrancos com o desenho do perfil da montanha seguindo paralelo ao nosso curso. O ângulo de inclinação começava sendo de quarenta graus, depois aumentava até sessenta e três, e tornava a diminuir ao nos aproximarmos da estação do alto. Ao descer, em meio à escuridão ardente, passamos por um pórtico cavado numa parede de lava e continuamos a subida a pé. "*Não tão depressa*", *disse Scurra.* Alguém do nosso grupo fez a besteira de apanhar uma cinza enegrecida que rolara para baixo de sua bota. Era um cavalheiro, mas a torrente de obscenidades que jorrou de sua boca angustiada deixou as mulheres tremendo. Até então a orla da cratera antiga interpusera-se entre nós e o novo cone eruptivo, mas, quando deixamos para trás o caminho salpicado de cinzas, um brilho de luz incandescente fez com que nos quedássemos imóveis sem levantar os pés do chão. De repente, em seguida a um som impossível de descrever — algo como uma poderosa lufada de vento nos galhos nus de uma floresta hibernal, ou a queda de uma onda espumante sobre a praia coberta de cascalhos —, milhões de partículas brilhantes, desde blocos do tamanho de uma bala de canhão até centelhas minúsculas, borrifaram os ares e levantaram um painel de arabescos ígneos atravessando o negrume do céu. O cheiro forte de enxofre fez-me prender a respiração.

Scurra disse:

"Foi bastante satisfatório, você não acha?"

Wallis disse:

"Quero morrer." O riso deles espraiou-se pela sala.

Pouco depois, saíram. Deixei meu esconderijo andando de quatro como um animal, farejando o cheiro perverso que impregnava o ambiente. Eles não se tinham dado ao trabalho nem de bater as almofadas, nem de remover o pedaço de corda, agora enroscado como uma serpente e com uma das pontas dependurada do espaldar do sofá. Entrei no banheiro e com um sabonete molhado escrevi "Que merda!" no espelho acima da pia. Depois voltei para meu camarote e bati com força a porta.

Meus sentimentos de humilhação, e mesmo de fúria, nada eram se comparados ao alívio que eu sentia por ter escapado sem me haver exposto. Tremia só de pensar no que teria acontecido se eles se houvessem cansado do sofá e, trôpegos, tivessem vindo para o quarto. Dificilmente eu poderia alegar que estava inspecionando o encanamento. Ainda faltavam três longos dias em que eu os encontraria diariamente, trocaríamos gracejos, beberíamos juntos. Em sua companhia teria que agir como um louco desvairado, guardando o segredo deles em meu peito como um revólver engatilhado para estourar meu coração em mil pedaços. Como eu o detestava! Como eu desejava que ela morresse — e, ao pensar nisso, compreendi o sorriso de Adele, de radiante tristeza. Com os punhos cerrados, sentindo latejar o sangue em meus ouvidos, caminhava de um lado para outro no quarto. Não conseguia apagar da lembrança aquele pedaço de corda no sofá. Vi-o repetido no puxador da cortina em meu camarote, no fio elétrico que saía da lâmpada da escrivaninha. Olhando em volta sem um objetivo preciso, dei com os olhos de minha mãe que me fixavam, da pintura na parede. Retirando o quadro do prego por onde estava preso, levei-o comigo às pressas pelo corredor e subi ao convés do navio. Pelo caminho, esbarrei na sra. Straus, que, apoiada no braço do marido, descia titubeante o trajeto pomposamente carpetado da escadaria principal. O sr. Straus virou-se para mim com raiva e o trapalhão desastrado em que eu me tornara seguiu em frente sem dar-lhe a menor satisfação.

Não sei se eu tinha realmente o propósito de lançar ao mar o retrato pintado de minha mãe. Na verdade, queria livrar-me dela. Era ela, e não a velha fétida que contava o seu ouro todos os dias, quem me havia amarrado pelos pulsos ao ferrolho das venezianas semicerradas que davam para as águas podres serpenteando embaixo. Tomado de calafrios por causa do ar gélido no convés, inclinei-me sobre a balaustrada no mesmo instante em que senti alguém segurar-me por trás.

A voz de Scurra disse:

"Não, Morgan. Não."

Ele me forçou a dar meia-volta. Não consegui ver a expressão que tinha nos olhos, por causa dos reflexos da iluminação elétrica nas lentes de seus óculos, mas pela primeira vez ele não estava sorrindo, e a configuração de sua boca rachada, que havia usado tão lascivamente apenas vinte minutos atrás, denotava seriedade e circunspeção.

Não havia jeito de ele me soltar, embora eu tentasse me desvencilhar debatendo-me.

"Não", tornou a dizer, e apertou-me com mais força. Acho que ele pensou que era de mim que eu queria me ver livre.

"Foi cruel de sua parte", gritei-lhe. "Foi você quem me encorajou a me aproximar dela."

"Minha vida passou muito rápido", disse-me. "Como a sua também passará."

"Palavras", lancei-lhe em desafio. "Apenas palavras."

"De que outro modo podemos nos fazer entender?", perguntou-me.

"Eu a amava", queixei-me. "Queria agradar a ela."

"Temos pouco tempo para agradar aos vivos", disse-me. "E toda a eternidade para amar os mortos." Ao dizer isso, tomou de minhas mãos o quadro e espanou com a manga do paletó o rosto nele pintado. "Venha para dentro", implorou. "Isso, seja um bom rapaz. Lá fora está frio."

"Você não tinha o direito", murmurei. "Não foi o procedimento de um amigo."

"Meu caro rapaz", disse ele. "Ainda não aprendeu que na vida é cada um por si?"

5

Domingo, 14 de abril

Alegria ou desespero, tudo passa. Tendo me recolhido à cama em estado consideravelmente pior por causa da bebida, e querendo morrer, acordei refeito e cheio de otimismo. Não guardava lembranças da última parte da noite anterior, se bem que recordasse haver mencionado a alguém — Hopper ou Charlie — meu encontro amoroso com Wallis no saguão, tendo esse alguém me assegurado que da próxima vez que ela me encontrasse agiria como se nada houvesse acontecido. Na verdade, eu tinha uma vaga lembrança de haver estado em pé no elevador perto dela quando subi ao convés para aclarar as idéias e de que ela nessa ocasião sorriu; provavelmente uma lembrança que correspondia mais ao meu desejo do que à realidade. Quanto à primeira metade daquela noite marcante, a não ser uma leve pontada de culpa por ter traçado no espelho do banheiro o termo obsceno, toda aquela história vergonhosa foi expulsa de minha mente, com a resolução de nunca mais tornar a pensar no assunto. Aqui, Sissy mais uma vez veio em meu socorro — ela havia muito me ensinara que, quando algo terrível me aparecesse em pensamento, o que eu deveria fazer era imaginar um pé gigantesco achatando-se com toda a força em cima dessa coisa.

McKinley surgiu com o chá, trazendo inexplicavelmente debaixo do braço o quadro que retratava minha mãe. Disse-me que um cavalheiro de óculos, muito amável, lhe entregara o quadro de manhã bem cedo. Fez menção de recolocar o quadro na parede, mas eu lhe disse que o deixasse apoiado no rodapé.

"Ouvi falar que já não atracaremos antes da quarta-feira de manhã", disse-lhe.

"Isso foi ontem, senhor. Estou informado de que a velocidade aumentou desde então e que talvez ainda consigamos chegar na terça à noite. É claro que atracar à noite um navio deste porte não é brincadeira."

"Posso bem imaginar."

"Mas o capitão Smith é o homem indicado para isso. Viajei com ele quatro vezes no *Olympic* e, pode crer, é uma verdadeira aula assistir ao seu desempenho manobrando o navio a toda a velocidade para percorrer os canais que dão entrada em Nova York. Houve uma vez, em especial, que foi bastante difícil, senhor... e poderia ter tido um mau desfecho. Fomos tomados de orgulho vendo como ele fez o navio girar para encostá-lo ao comprido, com uma percepção absolutamente correta das distâncias, o barco adernando todo para obedecer ao comando do leme e deixando uma diferença de centímetros entre cada uma de suas pontas e as margens; tudo isso ele acompanhou, sem se mexer, imperturbável, com seu cachorro do lado."

"Reparei que ele não bebe", disse eu. "Nem sequer vinho nas refeições."

"Nem uma gota, senhor. Porque, claro, um homem com álcool no sistema perde o controle." Achei que ele me dirigia um olhar um tanto atrevido nesse momento e estava justamente me lembrando da pouca firmeza com que se agüentava nas pernas na tarde anterior, quando ouvi que batiam à porta. Era Charlie, e, à sua entrada, McKinley apanhou do chão minhas roupas, dobrou-as sobre o braço estendido e fez uma retirada teatral.

Charlie viera esperando encontrar-me prostrado.

"Você estava num tremendo pileque ontem à noite", disse-me. "E na maior depressão. Só falando que queria morrer. Em diversos momentos usou um palavreado de arrepiar os cabelos. Ainda bem que as garotas não se achavam presentes."

"Quem me trouxe de volta para aqui?"

"O judeu com os cachinhos. Aquele por quem a sra. Morgan tomou-se de amores. Ele e eu levamos você para respirar no convés. Você estava com uma aparência horrivelmente doentia. É provavelmente por isso que você se mostra tão bem agora."

"Sinto-me novo em folha", disse-lhe, e era verdade. "De agora em diante vou me portar como uma lesma impassível. Vai ser uma mudança radical. Acredite, está falando com um homem sério."

"Você teve seus motivos", disse ele. "Deve ter sido horrível receber aquele fora de Wallis e tudo o mais." Ao ouvir isso, logo comecei a pensar no "tudo o mais", e na mesma hora invoquei a imagem do tal pé gigantesco.

"Se você realmente está a fim de se tornar uma lesma impassível, bem que poderia passar a manhã comigo. Está programado um ofício religioso no salão para as dez." Olhou-me com tal sinceridade e humildade que eu poderia até tê-lo beijado.

"Charlie querido, meu doce Charlie", respondi-lhe, "não consigo imaginar nada mais emocionante." O resultado dessas palavras foi causar um rubor em Charlie que alcançou até o seu nariz.

O capitão Smith dirigiu o ofício divino. Compareceram passageiros de todas as classes, os de terceira bastante contrafeitos por se acharem em ambiente de tamanho luxo. Eles foram destacados para ficar na frente, o que representou um alívio, pois algumas das crianças cheiravam mal e muitas não paravam de coçar a cabeça. Não consegui ver Adele, mas, no seu caso, uma visita aos conveses superiores não constituía propriamente nenhuma novidade. Tampouco Wallis esteve presente. Fiquei meio esperançoso de que ela estivesse, calculando que se mostraria menos disposta a destratar-me no meio de uma cerimônia religiosa. E, por outro lado, ela não teria como assumir uma atitude de superioridade moral e devocional quando apenas poucas horas antes... — aqui, ainda uma vez, recorri sem mais rodeios ao pé gigantesco.

Smith oficiou diretamente do livro de orações da própria companhia. Não pareceu tão diferente do texto oficial da Igreja, a não ser pela impressão que dava de estender-se por mais tempo. A orquestra acompanhou o ofício quando foram cantados os hinos. Charlie cantou a plenos pulmões. O violoncelista teve um acesso de soluços; cada vez que o peito dele se sacudia, o arco dava um salto sobre as cordas do instrumento. Meus ombros começaram a rir, mas Melchett lançou-me um tal olhar de reprovação que logo me pus na linha. O único que me manteve acordado foi o alvoroço que causou uma mulher grandalhona da terceira classe ao aplicar violento tapa no ouvido de um garoto por este não parar quieto, ao que o menino respondeu dando o troco com um pontapé. Isso e a hora em que se ouviu o "Padre Eterno, venha em nosso socorro". Difícil não se deixar comover por aquelas vozes rudes ao começarem a entoar a súplica que vai se elevando cada vez mais para os agudos: "Oh! ouvi-nos quando Vos pedimos por aqueles que estão em perigo no mar". Uma ou duas senhoras, vencidas pela emoção, fungaram audivelmente. Eu me achava distraidamente observando os refinados ornatos de gesso no teto, quando me apercebi de que alguém na frente voltara-se a fim de olhar para mim. Era a criada da sra. Straus, que havia outrora trabalhado para Sissy. Na mesma hora lembrei-me de meu deselegante comportamento na escada.

Terminado o ofício, corri atrás do sr. e da sra. Straus, descobrindo-os no Pátio das Palmeiras depois de muito esforço. Aceitaram gentilmente minhas desculpas. A sra. Straus disse que não poderia estar zangada comigo logo nessa exata manhã — nem comigo nem com ninguém mais, na verdade — porque ela e o sr. Straus haviam conseguido, graças às mensagens pelo rádio, tomar a dianteira na troca de comunicações com o filho e a nora, que estavam a caminho da Europa como passageiros do transatlântico *Amerika*. Ela não fazia a menor idéia de como tais milagres da ciência se produziam, mas era-lhes grata por se produzirem em seu benefício. Perguntei ao sr. Straus se ele havia sido procurado por um certo sr. Rosenfelder, que tinha a intenção de visitar a Macy's na semana seguinte. Disse-me que não, mas se eu o mostrasse da próxima vez em que estivéssemos no saguão, teria o maior prazer em trocar dois dedos de prosa com ele.

Sentindo-me um poço de virtudes, fui ao encontro de Melchett e passei meia hora de absoluta pasmaceira lendo na biblioteca. Ou melhor, Charlie leu. Cada livro em cuja leitura eu mergulhava parecia ter para oferecer-me uma ou outra frase que me remetia à lembrança da noite anterior. Fiz o atendente subir e descer repetidas vezes a escada a fim de buscar volumes nas estantes, o que fez com a solicitude de um esquilo pronto a juntar todas as nozes antes que chegue o inverno.

Por fim, disse a Charlie que estava precisando fazer exercício, e subi para o convés, ainda em tempo de ouvir as chaminés emitirem o potente som rouco e profundo de seus apitos, que, de acordo com o regulamento da companhia, tinham de ser testados no meio da viagem. Com os sextantes em mãos, os oficiais de bordo agruparam-se ao longo do convés de navegação, apontando os instrumentos para o Sol e calculando nossa posição no oceano. Vestiam suas pesadas japonas, tamanha fora a queda na temperatura registrada de um dia para o outro. O mar mostrava-se negro como carvão, e a trilha branca deixada pelo nosso rastro apontava como uma flecha para o pálido horizonte. Eu estava já pensando em voltar para dentro a fim de buscar meu capote, quando Thomas Andrews, de cabeça descoberta e trajando um terno lindamente cortado de sarja azul-escura, veio ao meu encontro e perguntou se poderia ter comigo uma conversa tranqüila. Sem ligar para o frio nem para o som dos apitos que prosseguia, disse-me que ele e sua equipe tinham observado o uso da sala de correspondência e estavam convencidos de que, embora gozasse de enorme popularidade entre as senhoras, era mais ampla do que o necessário. Uma simples questão de bom senso comercial recomendava a redução de suas dimensões e o aproveitamento do espaço assim poupado em comodidades para a primeira classe. Tendo em mente o trabalho satisfatório por mim realizado como desenhista, e sabendo que meu tio me desejava ver com um emprego mais estável, ocorrera-lhe que eu poderia estar interessado em desenhar as plantas para esse projeto. Seria uma oportunidade para ambos avaliarmos minha capacidade, embora, é claro, ele não pudesse garantir que qualquer dos desenhos viesse a ser usado. Não fazia questão de que eu respondesse que sim ou que não naquele momento. Eu viria aos seus aposentos às duas horas em ponto?

Realmente achei que Deus estava resolvido a me dar um empurrãozinho. Supercontente, fui logo apanhar fita métrica, lápis e papel, e corri para a sala de correspondência. Já havia esquecido tudo a respeito de Wallis, ou, mais propriamente, o que se relacionava com a embaraçosa situação criada entre nós, a tal ponto que, quando a vi sentada lá sozinha, fiz-lhe um aceno com muita naturalidade e sorri. Ela retribuiu-me o sorriso. Pareceu-me pálida e reparei na textura desigual da pele em seu rosto. Seria exagero, talvez, falar em altos e baixos, mas, de qualquer modo, não era uma pele tão lisa como me ficara na lembrança. Quando falou, impressionou-me notar que tinha os lábios tão finos, bem como a aparência pontuda dos dentes. Era como se antes eu a houvesse entrevisto em meio a uma névoa que agora se dissipava revelando as imperfeições.

"Você está com um ar feliz", disse-me.

"E estou feliz", respondi, passando de imediato a fazer anotações das medidas da sala. Pouco depois, ela juntou suas coisas e foi-se.

A sala de correspondência, de tão espaçosa que era, podia

de fato ser reduzida, mas preocupou-me a extensão das alterações que seriam necessárias, tendo em mente a parte elétrica e os encanamentos. Metade da sala tinha uma reprodução quase perfeita de um teto georgiano com entalhes e cornijas finissimamente trabalhados, que teria de ser ou cortado ao meio ou eliminado por completo. A sra. Brown de Denver estava sentada a uma das mesas de canto, jogando paciência. Ao observar meus deslocamentos sistemáticos pela sala, perguntou-me se eu estava pensando em comprar o lugar. Rimo-nos ambos.

Era maravilhoso sentir-me assim tão animado, saber exatamente o rumo que minha vida iria tomar. Não tornaria a beber, ou, pelo menos, não me excederia na bebida, nem perderia mais meu tempo com gente como Hopper ou George Dodge. Mesmo o velho Charlie querido, indolente do jeito que era, tinha de ser deixado para trás. Eu ia me tornar um arquiteto naval ou um projetista de interiores, possivelmente ambas as coisas. Afinal de contas, Andrews havia conseguido dar conta dessas duas funções. Um belo dia eu ainda iria percorrer de ponta a ponta algum grande transatlântico, com uma equipe de desenhistas grudada aos meus passos, anotando cuidadosamente uma por uma de minhas sugestões.

Fui trazido de volta à realidade por Ginsberg, que, enfiando cara pelo vão da porta, anunciou ter sido afixada momentos antes no salão de fumar a distância percorrida nas últimas vinte e quatro horas (meio-dia a meio-dia) e era a melhor marca diária alcançada até então: quinhentas e quarenta e seis milhas.

"Topa fazer uma aposta?", perguntou-me, ao que respondi, com certo ar de superioridade, que não era um jogador.

"Você me surpreende", retrucou ele. "Quem poderia ser mais jogador do que você ontem à noite? Só não perdeu a camisa porque Melchett não deixou."

* * *

Às duas em ponto, bati à porta da suíte de Andrews. Sua sala de estar parecia um escritório com diagramas de várias seções do navio pregadas nos painéis de carvalho das paredes. A mesa e a cadeira haviam sido empurradas para um canto a fim de acomodar uma enorme prancheta, por trás da qual ele se achava sentado com as mangas da camisa arregaçadas até os cotovelos. Fez-me sinal para que me sentasse. Posto sobre o console acima da lareira estava um texto impresso emoldurado de que se sublinhara a última linha a tinta. Ele deixou-me esperando uns cinco minutos pelo menos antes de levantar os olhos do seu trabalho.

Não me perguntou qual fora a minha decisão; imagino que ele soubesse que eu não hesitaria um instante em aproveitar aquela oportunidade. Em vez de fazer a pergunta, contou-me como tinha sido o início de sua própria carreira em Harland & Wolff. Os três primeiros meses foram passados na oficina de marcenaria, o mês seguinte vendo trabalhar os marceneiros mais experientes, o outro mês diretamente em navios. Depois mais três meses no depósito central; cinco nos estaleiros, dois com os técnicos em moldagem de cornijas, oito com os especialistas em estruturas de ferro, seis com os ajustadores mecânicos, três com os modeladores, oito com os ferreiros. Uma temporada de dezoito meses nos galpões dos desenhistas completou seus cinco anos de aprendizagem.

Devo reconhecer que meu coração foi lá embaixo, no confronto com essa litania de trabalho pesado. E o pior ainda vinha depois. Ele passou por um curso rigoroso de aulas noturnas com o fim de adquirir conhecimento em desenho de máquina e à mão livre, mecâniça aplicada e teoria de arquitetura naval. Leu até sentir os globos oculares como se estivessem rolando em areia. Pouco depois do seu vigésimo aniversário, foi-lhe confiada a supervisão do trabalho de construção do *Mystic*, representou a firma nos testes do *Gothic*, foi a Liverpool para avaliar os danos causados ao *Lycia* e ajudou na reforma do *Germanic.*

"Se você quiser ser bem-sucedido, Morgan", disse-me, "tem que pensar enquanto os outros dormem e ler enquanto os outros se divertem."

"Farei isso", eu disse. "É o que farei. É o que eu quero. Já pensei num modo de converter parte da sala destinada à correspondência sem deixar de conservar certas características. Seria possível conseguir..." Mas, antes que eu pudesse explicar-me melhor, fomos interrompidos por urgentes batidas à porta.

Ele foi até o vestíbulo e abriu a porta para Bruce Ismay. Não deu para eu ouvir tudo o que disseram. Ismay parecia queixar-se de que o navio não estava desenvolvendo a velocidade desejada. Smith havia aparentemente alterado o rumo do navio ao começar o dia. Estávamos agora ligeiramente desviados para o Sul e para o Oeste em relação ao rumo normal, o que iria resultar em maior atraso na viagem.

Levantei-me para ler o texto emoldurado colocado sobre o console da lareira. Se se tratasse, como parecia, de uma prece, chamava a atenção pelo tom autocongratulatório:

De todos os que vivem neste mundo, eu sou aquele
Capaz de, à minha maneira, fazer deste o melhor
[trabalho possível.
Não o farei por demais grande nem por demais
[pequeno,
Mas que satisfaça meu espírito e prove minha ca-
[pacidade.
Assim, acolherei com prazer as horas em que me
[ocupo
E, quando baixarem as longas sombras ao anoi-
[tecer,
Estarei feliz em divertir-me, amar e repousar,
Porque sei que para mim o trabalho vem em
[primeiro lugar.

Eram as seis últimas palavras que tinham sido sublinhadas.

Ouvi Andrews dizer:

"Você mesmo me mostrou uma mensagem pelo rádio do navio grego *Athenai* informando sobre grandes quantidades de campos de gelo na latitude 41° 51 Norte e longitude 52° Oeste."

"Há sempre gelo nesta época do ano", disse Ismay. "Que diabos, esta é uma viagem inaugural!" E ambas as vozes se acaloraram. Deduzi que eles discutiam sobre a importância de chegar na terça-feira em vez de na quarta.

"Resolva com Smith", gritou Andrews. "Quem está no comando é ele." A isso se seguiu um resmungo abafado de Ismay, tendo-se fechado a porta logo depois com estrondo.

Andrews voltou com uma expressão irritada. Sentou-se à prancheta e retomou o lápis. Parecia haver se esquecido de que eu me achava ali.

"A sala de correspondência...", comecei.

"Você encontrará os diagramas que interessam no aparador que fica no vestíbulo", disse-me. "Imagino que você ache conveniente trabalhar *in loco*." E, com isso, fui despachado.

Fiquei surpreso com a quantidade de trabalho que consegui realizar antes da hora do chá. Eu tinha em mente uma estrutura semelhante à de um cenário teatral, salas colocadas dentro de uma sala preexistente, que se completava com tetos falsos. Desse modo não seria necessário destruir o teto principal nem causar danos aos esplêndidos painéis marchetados de madrepérola que decoravam a sala de correspondência. O esquema tinha ainda a vantagem de ser relativamente simples de desmontar, se algum dia houvesse necessidade de restaurar o espaço original. Eu sentia que isso aconteceria mais cedo do que se esperava; segundo o camareiro, o navio tinha preenchida apenas uma quarta parte do espaço reservado aos passageiros de primeira classe.

Às cinco horas fui procurar Scurra e Rosenfelder. Queria

contar-lhes o que eu estivera fazendo. Scurra, principalmente, iria gostar de me ver de posse de um recém-descoberto propósito para a vida. Encontrei Rosenfelder no salão de fumar, e de tal modo assoberbado com preocupações de caráter inteiramente egoístico, ligadas ao fato de que Adele iria usar seu vestido naquela noite, que não se deu ao trabalho de escutar-me. Mas informou-me, sim, de que na noite da véspera eu tentara escapulir pela vigia do camarote quando ele me trouxe de volta ao meu reduto.

"Tudo isso é coisa do passado", disse-lhe, "porque agora sei que para mim o trabalho vem em primeiro lugar." E provei o que dizia bebendo unicamente uma limonada. Que, no estado de espírito em que eu me encontrava, saboreei como se fosse champanhe.

Encontrei, de fato, Scurra antes do jantar, no convés A, aonde eu tinha ido na esperança de ver Riley. Por alguma inescrutável razão eu precisava fazer as pazes com o jovem marujo; incomodava-me que ele sentisse desprezo por mim. A pedido de Rosenfelder, Scurra havia descido para visitar Adele.

"Ele está ansioso para certificar-se", disse-me, "de que ela vai cumprir o prometido."

"E então?"

"Vai, sem dúvida. Não conte a Rosenfelder, mas passei uma grana para ela." Ele indagou se o camareiro me devolvera o quadro.

Agradeci-lhe e fui logo soltando:

"O sr. Andrews quer que eu execute um projeto para o navio. O projeto está ligado à sala de correspondência. Não há garantia de que aproveitem meu trabalho, mas sempre é um ponto de partida, não lhe parece?"

"Mas claro", disse entusiasticamente. "Fico muito satisfeito por você. E, se tiver sucesso, o que não duvido, matará dois coelhos com uma cajadada."

"Como assim?"

"Um dia de salário honesto por um dia de trabalho honesto. Você poderá construir seus hospitais e escolas com dinheiro limpo. Há uma diferença, em matéria de ganhos, entre o comércio e a arte, você não concorda?" Achei que ele estava sendo sincero.

"Rosenfelder também tem brilhantes expectativas para o futuro", eu disse. "Bom, não é?"

Era importante que ele pensasse que eu tinha interesse noutras pessoas além de mim mesmo. Ele concordou e mencionou que Wallis e sua irmã Ida tinham combinado de ceder seu camarote para Adele trocar-se antes do jantar. Não me contive e perguntei-lhe:

"Você está apaixonado por Wallis Ellery?"

Ele virou-se para mim, espantado, com as sobrancelhas negras erguidas acima dos seus óculos.

"Apaixonado?!", exclamou carregando na voz. "Deus do céu! Quem se apaixona são as mulheres."

Molly Dodge havia perdoado Ginsberg; George e ele apertaram-se as mãos, reconciliados. Essa era a grande notícia que circulava pelo saguão antes do jantar. Kitty Webb foi quem me contou. Aparentemente ele se desculpara só pela metade, pois se declarara arrependido de ter insultado a memória da mãe de Molly, mas recusara-se a retirar uma única palavra do que dizia respeito aos alemães. Na verdade, voltara a referir-se a eles como animais.

"Não se pode deixar de admirar sua obstinação", disse Kitty. "Afinal, ele próprio é de origem alemã."

Ela perguntou-me como eu estava me sentindo. Voltara a entrar nos eixos? Pouco estava ligando para o que as pessoas achavam de meus amigos... eles não passavam de um bando de preguiçosos, mas muito diferente era eu estar criando fama...

"Fama de quê?"

"De arruaceiro. Sei que você não estava envolvido na

briga que houve no salão de refeições, mas o velho Straus andou espalhando aos quatro ventos como você derrubou a sra. Straus na escada."

"Não fiz nada disso!", protestei. "Dei só um encontrão no braço dela."

"Claro, mas essas coisas mudam quando são contadas. Na noite passada Benny garante que você causou tal tumulto no salão de fumar que precisou ser retirado."

"Eu estava irritado", murmurei. "Tinha acontecido uma coisa antes..."

"Sim, de fato", disse ela. "Você atacou Wallis Ellery." Eu ia fechar a cara, mas ela sorriu para mim como um anjo e deu-me animadamente uns tapinhas no joelho com suas unhas bem aparadas. "Bem feito para ela", comentou, exultante. "Nunca entendi o que vocês, rapazes, vêem em Wallis. Além de ter um peito que é uma tábua, faz o gênero pudica."

"Você talvez tenha razão", disse-lhe, embora só estivesse me referindo à falta de volume nos seios de Wallis.

"Você se daria muito melhor se arrastasse a asa para Molly ou mesmo para Ida. Mas, também, imagino que você não esteja querendo se casar."

"Não por enquanto", disse-lhe. "E você?"

"Não por enquanto", respondeu-me na mesma medida, "mas um dia, sim... quando a mulher de Benny disser para ele que está na hora de dar um basta."

Ela foi muito franca. Disse que era bem melhor ser a amante de um homem rico do que de um pobre, e que isso nada tinha a ver com dinheiro. Bem, é claro que tinha... o que ela queria dizer era que, se Guggenheim estivesse ganhando uns poucos dólares por semana e morando num apartamento sem água quente, seria muito egoísmo de sua parte ter uma mulher a mais.

"Além de que seria muito improvável", disse eu. "A menos que se tratasse do verdadeiro amor."

"Minha nossa!...", exclamou ela. "Não há nada de verdadeiro no amor." A expressão em meu rosto deve ter transmitido certo desalento, porque ela voltou a estimular-me com tapinhas brincalhões no joelho.

"Pode acreditar no que estou dizendo, Morgan: sem dinheiro, depois da empolgação inicial não haveria mais graça nenhuma na coisa. Todos aqueles encontros nas esquinas, toda aquela bolinação no escuro da porta de entrada, com a chuva caindo forte... A esposa acabaria percebendo e faria o diabo com ele... faria com que ele se sentisse um rato..."

"Que quadro mais desalentador", comentei.

"Mas, se se trata de um homem rico, ninguém sofre. Quem pode acusar Benny de negligenciar sua família?" E havia outras vantagens também. Por exemplo: se um homem não tem tostão, sua amante é chamada de vigarista; se ele é cheio da grana, ela é "a secretária".

"Ou 'cavadora de ouro'."

"Sim", concordou, "mas ninguém diz isso na cara dela."

Ambos assistimos ao passo de lesma com que o sr. e a sra. Straus avançavam no corredor. Como de costume, iam de braços dados. O jeito como se apoiavam inclinados um sobre o outro dava a impressão de que o primeiro que fraquejasse faria seu par perder o equilíbrio. Não consegui me decidir se achava isso comovente ou aflitivo. Uma tal dependência era por certo perigosa. Se um dos dois faltasse, que aconteceria?

Ginsberg chegou pouco depois com Hopper. Tinham estado fazendo hora no ginásio. Pretendiam exercitar-se com uma corrida que desse a volta ao convés, mas o frio era tanto que não conseguiram sair do mesmo lugar. Não havia nem sinal de vento, o mar liso como um espelho, e as estrelas... "Nunca vi um céu tão estrelado", empolgou-se Hopper. "Nem sequer no deserto..."

Ginsberg congratulou-se comigo por eu me haver tornado um protegido de Thomas Andrews. Seu entusiasmo parecia genuíno, o que me desconcertou. Reparei que Hopper havia ficado quieto. Ginsberg ouvira de Rosenfelder a notícia, embora no seu relato eu me houvesse tornado o projetista de um novo navio para a companhia White Star, possivelmente um maior do que o *Titanic.*

"Tudo não passa de uns poucos desenhos", corrigi. "E não há nem a mais remota chance de serem aproveitados. Acho que é uma espécie de exame." Hopper pareceu aliviado. Ginsberg insistiu em que bebêssemos para comemorar. Considerando que uma recusa teria sido grosseira, acompanhei-os, mas só com pequenos tragos. Quando soou o toque de chamada para o jantar, Hopper e ele já estavam em sua segunda garrafa.

Wallis chegou tarde à nossa mesa. Tinha estado ajudando Adele a vestir-se; Ida ainda se achava envolvida com os retoques finais. Wallis sentou-se a meu lado. Não mexi um fio de cabelo, nem precisei apelar para o pé do gigante, nem sequer quando ela puxou do lenço e eu senti o perfume da lavanda. O que havia acontecido era como se fosse apenas uma foto tirada anos atrás, noutro país, cujos contornos — por efeito de uma deterioração química da revelação — estivessem começando a apagar-se. Tive até a tranqüilidade de espírito para pedir desculpas por meu comportamento no saguão, embora o fizesse insincera e um tanto ironicamente.

"Você deve ter tido um susto muito grande", disse-lhe. "Agi como um selvagem."

"Já esqueci", disse ela elegantemente. "Que é o que você deve fazer também. Mudando de assunto: seu roupão foi mandado para a lavanderia. Você o terá amanhã."

A sopa estava sendo servida quando o grande momento esperado por Rosenfelder aconteceu. Por diversas vezes observei-o no espelho procurando conter-se enquanto não parava de olhar ansiosamente em todas as direções para ver se a sala de jantar estava repleta. Ele evidentemente havia combinado com a orquestra fazer um determinado sinal, porque de repente irromperam no recinto os sons da valsa de *A viúva alegre* e o pianista atacou um solo no seu instrumento. Interromperam-se as conversas. Lady Duff Gordon ergueu-se e apontou com seu leque em direção às portas, diante do que o violinista empunhou com decisão o arco de seu violino, e as tão familiares notas da abertura de "One fine day" [Um belo dia] invadiram o salão dominado pelo silêncio. Adele entrou trazida pelo braço de Rosenfelder.

Não importa que me faltem condições para julgar como ela estava vestida ou mesmo para descrever esse traje adequadamente — nenhum de nós homens teria tais condições; o que poderia ser dito é que o vestido tinha a forma de uma ampulheta e era feito de um certo tipo de seda que emitia pontos de luz em constante deslocamento —, pois Adele e o vestido eram inseparáveis, e à medida que ela avançava na sala, com a esplêndida coluna de seu pescoço rodeada de diamantes emprestados e com aqueles olhos cor de pérola firmemente encarando o que se achava na sua frente, numa estranha expressão de exaltação, deixou-nos a todos sem respirar, como se na presença de uma deusa. Por um instante vi-a como Joana d'Arc preparada para entrar em combate, o busto generoso protegido por um colete de prata. Uma pequena cauda de seda farfalhava por trás de seus passos; recolhendo-a com gesto experiente para um dos lados, ela deu a volta à mesa dos Gordon e parou, à espera de que a fizessem sentar. Foi o sr. Harris, e não Rosenfelder, quem puxou uma cadeira para ela.

Eu estava contente pelo alfaiate; seu sucesso não era daqueles que se resumem a um brilho efêmero; nem o de Adele. Os dois iam subir juntos. Houve quem — como Hopper, por exemplo — considerasse a coisa toda uma demonstração de vulgaridade. Ele não podia conceber o que era que tínhamos visto em Adele. Era bonita, sem dúvida, mas alta demais para uma mulher. E onde será que se metia depois de suas aparições espetaculares?

"Não, ela não serviria para você", concluiu pausadamente Wallis. "Além do mais, você sendo do time dos baixinhos..."

O jantar arrastou-se. Diga-se de passagem, o fato de eu

me privar de beber estava tendo um efeito alucinatório sobre mim. Tive a curiosa impressão de fazer parte de um grupo visto de fora. Precisava continuar comendo porque, se erguesse os olhos do prato, veria rostos comprimindo-se e mãos espalmadas nas vidraças das janelas. O ruído também vinha todo de fora, monótona entremescla de vozes esganiçadas e o retinir de porcelana. E havia ainda mais um som: um assobio agudíssimo que lembrava aquele produzido pela areia da Singing Beach [literalmente, "Praia Cantante"] quando se pisava nela. Virei-me para dizer a Molly Dodge que tinha pensado na praia Norte perto de sua casa, mas ela não estava mais lá. Ginsberg partia um pêssego ao meio, preparando-se para remover o caroço com sua faca. Ele olhou para cima e o reflexo das velas tremeu nas suas pupilas. A mesa balançou. Daí em diante, só me lembro de estar na sala externa, agachado sobre uma cadeira de vime, com Hopper empurrando-me a cabeça para baixo entre meus joelhos e uma pedra de gelo derretendo sobre minha nuca.

Ida disse que devia ser o calor. Todas as janelas achavamse hermeticamente fechadas por causa do frio que fazia do lado de fora. Ela puxou minha cabeça para cima e desabotoou-me o colarinho. Estremeci como um coelho apanhado na armadilha quando a lasca de gelo escorregou por minha espinha abaixo. Hopper estava preocupado achando que podia ser conseqüência da pancada que ele me havia dado com a raquete. Na opinião de Melchett, era uma reação retardada ao excesso de álcool consumido na noite da véspera; a julgar pelo olhar de desprezo que sobre mim lançou a sra. Carter, exatamente no momento em que deixava o restaurante com a sra. Brown, era de se supor que eu estivesse bisando a minha performance anterior. A compreensiva sra. Brown deu uma piscadela ao passar por mim.

Recuperei-me bem depressa, quero dizer fisicamente, deixando de me sentir indisposto, e de novo firme em minhas pernas. Mentalmente havia algo errado. Enquanto caminhava para o salão de fumar, com Hopper e Melchett apoiando-me cada qual um dos cotovelos, e Ida cobrindo-me a retaguarda para o caso de eu ter outro desfalecimento, ouvi nitidamente vozes que pronunciavam frases incompletas. "Uma hora e meia..." "Talvez..." "Não seria melhor cancelar aquele..." "Assim como vivemos, assim..." "Seria bom vocês sumirem da..." Sacudi a cabeça para desvencilhar-me deles, e na mesma hora dissiparam-se como neblina empurrada pelo vento. Chegando ao salão de fumar, Hopper insistiu comigo para engolir uma pequena dose de um conhaque medicinal, que me fez estremecer. Logo que pude, afastei-me dele, batendo na tecla de que precisava sair sozinho para o convés. Prometi que estaria de volta num instante, e, caso isso não acontecesse, que ele fosse à minha procura.

Ele tinha razão quanto ao frio; o ar atravessou-me o pulmão como uma estocada. Estava pensando em voltar para dentro, quando vi Riley encaminhando-se sem pressa para a escadinha que levava à torre de comando. Chamei pelo seu nome, ao mesmo tempo que batia palmas para esquentar as mãos. Quando ele se aproximou o suficiente, disse-lhe:

"Escute, quero explicar-me."

"É mesmo?", respondeu-me. "E a propósito de quê?" Ficou ali parado, o rosto sinistro à luz da lanterna, produzindo vapor com a respiração.

"Não sei bem", disse eu, e de fato não sabia. "Tem alguma coisa me incomodando. Podemos conversar?"

Ele então disse:

"Não é o caso, senhor. Suma da minha frente." E com essas palavras deu-me as costas tranqüilamente. Fiquei espantado com sua insolência.

Melchett, Hopper e eu jogamos bridge mais tarde, com Ginsberg completando o grupo de quatro. Praticamente não bebemos, porque Astor estava sentado na mesa ao lado com Archie Butt, assessor militar do presidente Taft. Sentei-me com postura impecável na minha cadeira; bebi unicamente um copo de limonada e esperei que isso fosse notado. Butt estava tentando descobrir com o coronel Astor, que aparentemente havia pouco andara esquiando em St. Moritz, como tinha sido a corrida de tobogã na pista da "Cresta" esse ano. Ele estava fazendo um esforço considerável para conseguir tirar alguma resposta de Astor — este, como sempre, deprimido, com cara de quem acabou de chegar de um enterro. Finalmente, Astor declarou que não tinha a menor idéia, sua noiva tendo-o convencido a desistir da corrida por medo de que ele pudesse quebrar uma perna. O coronel não era a espécie de pomposo incompetente, pelo menos não no grau que eu o imaginava. Inventara um freio para bicicletas e até mesmo escrevera um livro. Sissy chegou a lê-lo; tinha algo a ver com o derretimento da calota polar a fim de pôr o mundo numa posição de equilíbrio. Ele ficou mais animado quando se mencionou o nome de Kitty. Apurei os ouvidos, mas a Kitty em questão revelou-se ser de quatro patas — era uma airedale que estava com comida insuficiente e presa na popa do convés F.

Butt e ele saíram às onze e meia. Sei disso porque Butt puxou seu relógio de algibeira e manifestou surpresa em face do adiantado da hora. Imagino que estivesse louco de vontade de ir para a cama. Não se tinham passado mais de dez minutos depois que eles se foram — Ginsberg na mesma hora mandou vir um uísque e Charlie e eu acabávamos de ganhar três vazas seguidas — quando de repente a sala deu um estremeção; as luzes vacilaram e a cigarreira de Ginsberg, pousada junto ao seu cotovelo, saltou para o chão. O que nos assustou foi o som que se ouviu com esse estremeção, uma dilaceração prolongada, como uma vasta peça de algodão que estivesse sendo rasgada de ponta a ponta. Melchett disse:

"Batemos num outro navio." E no mesmo instante nossas cartas foram jogadas de lado, corremos para as portas, cruzamos a toda o Pátio das Palmeiras e saímos para o convés.

Uma voz gritou: "Um iceberg chocou-se conosco: lá vai ele!", mas, embora eu olhasse no escuro com atenção, nada consegui ver. Vindas de algum ponto mais adiante, ouvimos risadas, vozes que se elevavam excitadamente. Chegando-me para junto da balaustrada de boreste, e olhando mais abaixo para onde ficava a área de recreação da terceira classe, pude ver blocos de gelo espalhados e deslizando em todas as direções, de todas as formas e tamanhos, refletindo a luz das lanternas do mastro dianteiro. Os passageiros da terceira classe, a maioria em seus esmolambados trajes de dormir, estavam atirando esses blocos uns nos outros, como se brincassem com bolas de neve. Hopper saiu correndo, animado para descer e juntar-se à brincadeira. Charlie e eu achamos que estava frio demais para permanecermos ali fora e tratamos de voltar para dentro. Uma dezena de homens saíra do salão de fumar e movimentava-se às tontas no saguão, infernizando os moços de bordo com pedidos de informação. Astor lá se achava, ainda vestido mas sem sua gravata, curvando-se para gritar no ouvido de Seefax, que fora acordado enquanto cochilava na biblioteca e agora sentara-se na escada com sua bengala erguida como se fosse uma arma. Cada um tinha uma explicação diferente para o abalo sentido no navio; Ginsberg jurava que havíamos perdido um hélice, mas e ele lá tinha como saber alguma coisa?

Não nos sentimos capazes de retomar nosso jogo até que Hopper voltou, o que não demorou muito a acontecer, triunfalmente trazendo um pedaço de gelo envolvido no lenço. Colocou-o debaixo do meu nariz e o cheiro era ruim, como o de uma posta de cavalinha estragada. Aproveitou para depositá-lo no uísque de Ginsberg, quando o infeliz não estava vendo.

Devemos ter jogado por mais uns dez minutos, quando Hopper disse que para ele bastava. Lembrado da recomendação de Andrews de que eu deveria ler enquanto os outros dormiam, decidi passar uma hora na biblioteca. Atravessava o saguão quando cruzei justamente com o próprio, que seguia às pressas em direção à escada. Não pensei que ele me houvesse visto, mas disse-me muito claramente:

"Venha. Pode ser que você seja necessário."

Levou-me para o passadiço. O capitão Smith esperava-o, evidentemente, porque quando nos aproximamos do camarim do leme o contramestre abriu de súbito a porta.

Eu teria seguido os passos de Andrews, mas este gritou por cima do ombro que era para eu esperar do lado de fora. Pelos painéis de vidro pude ver Smith e seus primeiro e segundo imediatos agrupados. Ismay lá se achava também, metido num capote de peles e usando umas sapatilhas trançadas. Parecia estar excluído do grupo, andando de cá para lá com as mãos nos bolsos.

Fiquei feliz por não estar exposto ao tempo, porque mesmo no calor relativo do passadiço eu tremia. Vi-me envolto pelo silêncio como por um manto e só então foi que me apercebi de que o navio cessara de mover-se. Quando colei meu rosto à vidraça a fim de baixar os olhos para o mar, tudo o que vi foram trevas; quando levantei a cabeça, o negrume brilhava com estrelas.

Não demorou e o grupo lá dentro, com exceção apenas do contramestre, saiu e passou por mim direto. Acompanhei-os à distância, em dúvida quanto ao que fazer, até que Andrews deu marcha à ré e veio me dizer para vestir roupas que me aquecessem e voltar ao passadiço tão logo fosse possível.

Havia ainda mais pessoas no saguão quando por lá passei em meu caminho de volta. O espetáculo era absurdo: a confusão nos trajes, em que se misturavam robes de chambre e roupões de banho com luvas, echarpes e estolas de peles, as mulheres com cabeleiras soltas, os homens com o pescoço e os tornozelos expostos. Não reconheci lady Duff Gordon até ouvir sua voz. Ela passara creme no rosto para ir dormir e as sobrancelhas haviam desaparecido. Ninguém parecia especialmente perturbado pelo que acontecera. Por baixo da fumaça de charutos a flutuar pelos ares fervilhavam risadas.

Pus meu paletó de tweed sobre os trajes para a noite e ainda cobri tudo com o casaco Newmarket. Pensei em usar meu boné — que combinava com o tweed —, mas quando o experimentei ao espelho senti que me dava uma aparência jovem demais. Não tinha a menor idéia do que Andrews esperava de mim. Por precaução, meti um caderno no bolso juntamente com vários lápis, úteis se me pedissem para patrulhar os conveses e anotar o número de cadeiras danificadas pela chuva de gelo. McKinley encontrou-me no corredor. Estava na sua folga, mas agora todos tinham sido chamados. Não que houvesse razões para preocupar-se. Os motores seriam reativados a qualquer momento. Voltei ao passadiço e esperei.

Nada pude deduzir das expressões faciais deles quando retornaram. Ismay não estava com o grupo. Dessa vez, ao cruzarem as portas, Andrews fez-me sinal para acompanhá-los. Mantive-me respeitosamente à distância, do lado de um quadro de avisos onde alertas sobre a presença de gelo estavam espetados como uma revoada de borboletas.

A discussão foi eminentemente técnica. A água subira mais de quatro metros acima da quilha, na proa. A antepara à prova d'água entre as caldeiras 6 e 5 estendia-se apenas até o convés E. Os cinco primeiros compartimentos estavam cheios e o peso da água já estava começando a empurrar o navio para baixo na proa. Quando baixasse mais um pouco, a água da caldeira 6 invadiria a 5. Isso teria como efeito pressionar a proa ainda mais para baixo e a água invadiria a caldeira 4, a 3, a 2, e assim por diante.

"De quanto tempo dispomos?", perguntou o capitão Smith.

Andrews estalou os dedos olhando em minha direção e fui logo tirando do bolso lápis e caderno. Morri de medo de ser o escolhido para fazer os cálculos, mas era só papel que ele estava querendo. Olhou uma única vez para o mostrador do relógio acima da porta. Faltavam dois minutos para a meia-noite.

"Uma hora e meia", disse, finalmente. "Talvez duas. Não muito mais do que isso."

6

Segunda-feira, 15 de abril

Não há como saber qual vai ser nossa reação ao perigo até estarmos frente a frente com ele. Nem dá para saber qual a nossa capacidade de nobreza e auto-sacrifício até que essas qualidades entrem em ação movidas por algum acontecimento. Está na natureza das coisas que, simplesmente por ter sobrevivido sem maiores marcas de sofrimento, eu me lembre pouco das outras ocasiões em que corri sério perigo: uma vez escalando o monte Solaro, em que fiz a besteira de subir por uma parede e perdi o equilíbrio, e a outra quando caí da borda de um navio que transpunha o canal de Suez. Além do mais, na época, eu era um menino e tinha sido por minha falta de juízo que me meti em encrenca. Enquanto seguia Thomas Andrews para sua suíte, confesso que estava exultante com a minha importância e só posso atribuir isso a não haver compreendido em todo o seu alcance o desenrolar do assunto tratado no camarim do leme. Andrews não nos dissera uma só palavra depois que deixamos o passadiço; agora, a poucos passos de sua porta, virou-se e me falou:

"Eles vão começar logo a descer os botes salva-vidas e haverá necessidade de quem se disponha a ajudar. Não carregue com você nada que não possa levar nos bolsos. Evite alarmar as pessoas. Diga a verdade apenas àqueles de seus amigos que você possa ter certeza de que manterão a cabeça fria. Tem um canivete?"

"Tenho", respondi-lhe.

"Leve-o com você." E, dito isso, ele foi para dentro do navio.

Quando tornei a atravessar o saguão, a multidão de pessoas que ali se achava antes havia se dispersado. A maioria dos homens retornou ao bar do salão de fumar; a julgar pela barulheira que faziam, reinava uma animação turbulenta. Ginsberg e Melchett ocupavam a nossa mesa de sempre, Ginsberg entretido em construir um castelo com as cartas do baralho de bridge. Isso espantou-me. Imaginei que fosse encontrá-lo inteiramente tomado pelos acontecimentos, transmitindo a todos e a cada um suas opiniões sobre o hélice perdido. Sentei-me cônscio da minha importância.

"Escutem aqui", comecei, "acho que o melhor seria irmos dar uma ajuda com os botes salva-vidas. A maior parte da tripulação vai ser necessária para outras coisas."

"Você tem experiência com os turcos de içar e arriar embarcações?", perguntou-me Ginsberg. "Fez algum treinamento?"

"Bem... não... mas..."

"Mesmo assim, acha que vai ser um bocado útil?"

"Nós não vamos propriamente entrar nos botes", riu-se Hopper. "A coisa não chegará a tanto. Imaginem, as mulheres nunca iriam topar. Está frio demais."

Eu então disse:

"Por acaso fiquei sabendo que é mais sério do que vocês pensam. Soube por fontes as mais autorizadas que a coisa está bastante feia. Não dispomos de muito tempo."

"Tempo para quê?", perguntou Hopper.

"Para entrarmos nos botes", disse-lhes. "É essencial pormos mais roupas em cima do corpo."

"Não penso assim", disse Ginsberg. "Duvido que a gente vá entrar em algum bote, a não ser que as roupas que você tem em mente incluam anáguas." Ele continuava brincando com seu castelo de cartas, a língua presa entre os dentes no esforço de assentar o telhado. Hopper parecia perplexo. Houve época, anos atrás, em que eu também fazia tudo para confundi-lo.

"Escutem aqui", gritei, "não se trata de brincadeira, gente." Puxei com força pelo cotovelo de Ginsberg para fazer com que me ouvisse e as cartas desmoronaram, espalhando-se sobre a mesa.

"Quantos botes você disse que havia?", ele perguntou.

"Não disse", respondi-lhe. "Mas, na verdade, há dezesseis, mais quatro infláveis."

"Capazes de levar quantas pessoas? Cinqüenta, no máximo?"

"Eu diria sessenta", falei-lhe, irritado.

"E quantas você calcula que estejam a bordo?" Ele me fitava com olhos entrecerrados, esperando. Uma explosão de gargalhadas veio da direção do bar. Uma voz começou a entoar a "Eton boating song" [Canção de remar de Eton].

Que idiota que eu sou, pensei, e a energia que tinha me ativado e dado forças esvaiu-se e fiquei fazendo girar o bolo de cartas sobre a mesa numa imitação de redemoinho, para impedir minhas mãos de tremerem.

Nesse exato momento entrou Rosenfelder, afobado, com expressão profundamente melancólica. Como sempre, estava à procura de Scurra. Um camareiro havia ido até o Pátio das Palmeiras, onde ele e Adele bebiam *high-balls* com os Duff Gordon, e mandara-os voltar aos camarotes, buscar seus salva-vidas e só em seguida subir ao convés. Perguntaram que bagagem deveriam levar consigo e o que lhes foi dito foi que não podiam levar nada a não ser a roupa que tinham no corpo. Como faria ele com o vestido? Não lhe era permitido carregá-lo na sua caixa e era inconcebível que Adele fosse usá-lo num bote salva-vidas.

"Imaginem todo aquele óleo", lamentou-se, "a sujeira, a salsugem... O vestido não resistirá. Onde está Scurra? Ele pode usar sua influência. Onde fica o camarote dele?"

Nenhum de nós soube dizer-lhe. Hopper tinha-o visto nos corredores tanto do convés A como do C. Ginsberg esbarrara com ele ao longo do corredor principal do convés B, mas ele podia estar vindo de qualquer lugar. Rosenfelder olhou para mim.

"Não estive no seu quarto", disse-lhe. "Meu camareiro nem sequer tinha ouvido falar dele."

"Nesse caso, as probabilidades de encontrá-lo são de uma em um milhão."

"Por que não perguntamos a Wallis Ellery?", disse Ginsberg. Notei um certo tremor na sua voz. Parecia estar tendo dificuldade em respirar. Fiquei achando-o mais assustado do que deixara transparecer.

"Não se consegue encontrá-la tampouco", queixou-se Rosenfelder. "As roupas de Adele ficaram no seu quarto. Bati à porta, mas ninguém responde."

Naquele momento o atendente do bar veio até nós e educadamente pediu que nos retirássemos. Deveríamos o mais rápido possível ir apanhar os salva-vidas e reunir-nos no convés. Não havia motivo para pânico. Tratava-se de simples precaução. Combinei com Hopper que nos encontraríamos no ginásio dentro de dez minutos.

"Não vamos nos separar", insistiu ele. "Será como nos velhos tempos."

"Sim", assegurei-lhe. Ginsberg foi para o saguão e jogou-se numa poltrona de couro. Rosenfelder subiu esbaforido a escadaria principal à procura de Scurra. Antes de irmos cada um para seu lado, Hopper tocou-me o braço. "Você é o meu amigo mais antigo", murmurou, "e o melhor." Seus olhos expressavam medo. Ginsberg olhou para cima e acenou sardonicamente quando as portas do elevador se fecharam com estrondo; ele estava levando um lenço ao nariz.

Circulei no convés de baixo em companhia de duas senhoras em camisolas e um homem que vestia um pijama por baixo de uma jaqueta de golfe. Tenho certeza de que a mais corpulenta das duas era aquela mesma que havia expressado seu desapontamento por não ter sido a nossa partida de Southampton o show que ela esperava. Ela estava se dirigindo para o escritório do comissário de bordo a fim de retirar seus valores do cofre. Não que fossem de grande monta. Tinha um relógio de algibeira que lhe deixara uma avó nascida em Kent, Inglaterra, um broche de diamante que pertencera à sua falecida mãe e um álbum com fotografias de família. Se fosse obrigada a escolher um e desfazer-se dos demais, dizia ela, escolheria sem hesitar o álbum. Fora avisada pelo camareiro de que deveria levar consigo tudo o que possuísse de portátil porque era bem possível que todo o mundo tivesse que entrar nos botes. O homem com a jaqueta de golfe deu uma risada e disse que isso era muito improvável.

"Não estou inteiramente convencido", disse ele, "de que não se trata de alguma brincadeira espirituosa. Afinal de contas, este navio é inafundável."

Quando enveredei pelo corredor dos camarotes, McKinley e o camareiro da noite batiam às portas, insistindo com as pessoas na urgência de subirem para o convés. Sentia-me um ser à parte e tinha a impressão de que não me movia com passos comuns mas pausadamente e com a consciência de uma absoluta superioridade; nunca tive tão presente a noção de como era bom ser jovem, pois sabia que minha sobrevivência nas próximas duas horas estaria dependendo de minha juvenil determinação e da força dos meus braços. Pensando no velho Seefax e nos frouxos elos que o ligavam à vida, achei que ele poderia morrer simplesmente por falta de esperança. Àquela altura, mensagens de rádio tinham sido transmitidas para os barcos transitando na área, e mesmo que não houvesse espaço bastante para acomodar todos nos botes, sempre haveria tempo para que aqueles deixados para trás se transferissem de um navio para outro. Em algum lugar de minha mente evoquei uma ilustração vista outrora num livro infantil sobre atos de heroísmo, que reproduzia um salvamento em alto-mar, com cordas passadas de navio a navio e homens que nelas balançavam como macacos por cima das ondas espumantes. Só imagino como Sissy prenderia a respiração quando eu lhe contasse minha própria história! E minha tia, jogando os braços para o alto, quando eu lhe descrevesse os detalhes de minha aventura da meia-noite! Contanto que tudo terminasse bem, nada poderia ser mais divertido!

Fui ao meu camarote, vesti o pulôver de jogar críquete por baixo do paletó e, tirando os sapatos, enfiei com esforço, perna acima, três pares de meias bem grossas. Um dos pares tive que acabar desenfiando porque não cabia dentro das botas que calcei. Fui então até o corredor e consegui que McKinley me ajudasse a amarrar os cordões de meu salva-vidas. Ele pilheriou dizendo que eu havia engordado desde a última vez em que nos víramos, e perguntou-me se eu estava com tudo o que queria levar. Recebera instruções para trancar todas as portas até que passasse o alarme de emergência — para que depois ninguém viesse a dar pela falta de nada. Estavam tendo certa dificuldade para evitar que os passageiros de terceira classe subissem em avalanche para o convés superior.

"Estou trabalhando para o sr. Andrews", disse-lhe. "Posso precisar do meu quarto, de repente, para escrever relatórios... essas coisas."

"São ordens, senhor", disse-me ele.

"Pois bem, no meu caso, simplesmente trate de esquecê-las, seja camarada." Ele hesitou, mas o "seja camarada" teve o efeito desejado e ele acabou deixando minha porta em paz. Um impulso me levou a voltar ao camarote e apanhar o quadro de minha mãe. Com ajuda do canivete, soltei a tela de sua moldura, enrolando-a e enfiando-a no bolso.

Havia agora cerca de uma dúzia de pessoas seguindo em fila para o elevador. Em sua maioria, muito animadas, caçoando umas das outras por causa do modo extravagante como se achavam vestidas. Um cavalheiro de cartola, tênis e um capote com gola de astracã despertou grande admiração. Alegou ter achado que a cartola poderia ser útil no caso de precisar usá-la como balde para tirar água do bote. Uma mulher aninhava em seus braços um porquinho de porcelana cor-de-rosa.

Resolvi descer para ver pessoalmente o que estava acontecendo nos conveses inferiores. Ao usar a escada, pude notar que havia algo de errado com a inclinação dela. Os degraus pareciam estar corretamente nivelados, mas a cada passo eu me sentia ligeiramente desequilibrado; meus pés não pareciam saber direito onde pousar e o resultado era eu me inclinar para a frente. Atribuí o fato à minha imaginação, como também às volumosas e pesadas roupas que me cobriam o corpo, e pensei em como o corpulento Rosenfelder devia sentir aquela propulsão o tempo todo.

Não fui muito longe. Havia pessoas demais fluindo em direções opostas. No convés F um oficial de bordo barrou-me a passagem. Ele estava segurando o braço de uma passageira da terceira classe que carregava uma criança com o rosto encostado no rosto dela. O oficial tentava impedir que ela avançasse, ao mesmo tempo que pretendia me fazer recuar.

"Por que paramos?", ela insistia em perguntar. "Qual é o motivo?" Por trás dos ombros do oficial vi uma fileira de agentes postais na escada do tombadilho passando sacos de correspondência de um para o outro, do convés de baixo para o de cima. Os sacos estavam manchados de umidade até o fecho.

Refazendo de volta o meu percurso, tornei a subir. No lance de escadas que levava ao convés C passei por White, o tenista profissional. Ele não me reconheceu, embora eu erguesse minha mão saudando-o. De algum ponto do corredor ouviu-se uma voz que dizia:

"Não seria melhor cancelar nosso compromisso de amanhã de manhã?"

Não escutei a resposta de White.

O coronel Astor estava no saguão conversando com Bruce Ismay. Ismay tinha a aparência de um homem em seu leito de morte; o rosto se tornara velho como o mundo. Por causa da massa de pessoas que se acotovelava nas escadas, não pude seguir imediatamente para cima e ouvi Astor dizer:

"É essencial levar minha mulher para o convés? O estado dela é delicado."

E a resposta de Ismay:

"Você precisa ir buscá-la o quanto antes. O navio está estraçalhado nas bases, mas não afundará se as anteparas resistirem."

Havia uma multidão assustadora no ginásio, precipitando-se para o convés e voltando de novo para dentro por causa do impacto do frio nos ossos. Hopper não se achava em lugar nenhum onde pudesse ser visto. A sra. Brown puxou-me pela manga e perguntou se não seria uma boa idéia começarmos a cantar em coro algum hino, mas, antes que eu pudesse lhe responder, a porta mais distante foi aberta e a orquestra do navio atacou uma melodia jovial. Kitty Webb sentou-se de pernas abertas numa das bicicletas ergométricas. Ela estava com um pijama de seda por baixo de um casaco de couro masculino para automobilistas, e tinha a companhia do criado de Guggenheim. Saí à procura de Hopper. Com exceção de um homem solitário agarrado à balaustrada externa, ninguém se aventurava sob aquele esplendor de estrelas. Imaginei que a tripulação devia estar toda reunida na proa; antes de deixar o camarim do leme, ouvira o capitão Smith fazer uma convocação geral do pessoal de bordo para o convés.

Eu caminhava em direção a bombordo quando de repente a noite se tornou assustadora por efeito de uma explosão de vapor que escapava das válvulas de segurança dos apitos situados a vante e a ré das chaminés. Sob o impacto, tapei com as palmas das mãos os meus ouvidos, e fiquei tonto, porque o ruído era como de cem locomotivas circulando com estrondo dentro de uma rede de esgotos. Até as estrelas pareciam tremer. Refazendo-me do susto, vi Hopper observando um oficial de bordo que do convés tentava parlamentar com o passadiço acima dele. O oficial apontava para os botes salva-vidas e gritava (mas o som se perdia) por instruções. Incapaz de suportar por mais tempo a barulheira, Hopper e eu corremos de volta para dentro.

A multidão no ginásio transferira-se, em sua maioria, para o patamar da escadaria principal e para o saguão que ficava embaixo. A orquestra agora estava tocando um ragtime. Kitty Webb, balançando a cabeça como uma boneca, dançava com a sra. Brown. A sra. Carter indagou se o capitão Smith se achava no convés dos botes e se eu tinha idéia de onde poderia encontrar o sr. Ismay. Disse-lhe que esperava que estivessem ambos no passadiço tomando as providências cabíveis. Havia uma tal ânsia de informações, de confirmação ou desmentido dos rumores — a quadra de tênis estaria submersa mas não os banhos turcos; uma ponta de iceberg teria rasgado o casco de um extremo a outro, mas a tripulação estaria plenamente aparelhada para reparar os danos, tratando disso naquele momento — e uma tal ausência de pessoas com autoridade a quem fosse possível dirigir-se, que até se podia imaginar que o homem com a jaqueta de golfe estivesse próximo da verdade quando desconfiou que não passasse tudo de um trote, de uma brincadeira. Em parte, essa falta de informação devia-se ao tamanho descomunal do navio atingido. Era simplesmente impossível manter todos a par dos acontecimentos. Um acidente no cume de uma montanha é dificilmente observável de suas encostas. No mais, que se esperava que Smith fizesse? Deveria ele aparecer no patamar da escadaria principal, abaixo do relógio rococó cujos ponteiros assinalavam faltar agora vinte e cinco minutos para a uma da madrugada, e anunciar que, não obstante os compartimentos à prova d'água, as anteparas indestrutíveis, a tecnologia inimaginável, o que era inconcebível estava em vias de acontecer, e o seu navio inafundável, agora condenado, infelizmente dispunha de botes em número insuficiente para acomodar todos os que se achavam a bordo?

Ginsberg continuava em sua poltrona de frente para o

elevador, sempre com o lenço na mão, colado ao nariz. Uma garota desconhecida estava conversando com ele; apresentou-a, mas a forte sonoridade da orquestra abafou seu nome. Tinha uma testa enorme, abaixo da qual seus traços configuravam-se espremidinhos como os de um bebê; isso se dava possivelmente por estarem seus cabelos puxados para trás num coque assustador. Ela foi dizendo, sem maiores preâmbulos, que havia muitos anos sabia, por sonhos e essas coisas, que seu destino era morrer afogada. Falava disso tranqüilamente e sem dramatizar. Seu médico diagnosticara nela um problema do sistema nervoso, sua mãe a fez entrar para um clube de tênis, na esperança de que, exercitando-se com bastante esforço físico ao ar livre, ficasse livre dessas fantasias. Ela passou a jogar brilhantemente nas quadras, mas os sonhos persistiram.

"Não há por que se preocupar", eu lhe disse. "Eu próprio fui atormentado por pesadelos. Hoje estou convencido de que consistem em lembranças do passado mais do que em augúrios do futuro."

Ginsberg inclinava-se em sua poltrona, respirando como um homem que se refaz depois de bater um recorde na pista de corridas. Hopper perguntou-lhe se estava se sentindo mal e ele respondeu que era apenas um acesso de asma. Às vezes sofria desses acessos sem qualquer razão. Seu lenço estava embebido com um preparado de mel fornecido por um apicultor de uma comunidade *shaker* de Massachusetts, que em pouco tempo debelava a crise. Achei que aquilo fosse uma desculpa e que na verdade ele estava passando por um ataque de pânico.

Foi então que me dei conta de que não tinha visto Charlie Melchett desde a interrupção do nosso jogo de bridge. Na opinião de Hopper, era provável que ele houvesse se aventurado em socorro das irmãs Ellery e de Molly Dodge. Desculpeime com a moça de testa grande e saí à procura dele. Lady

Melchett, havia apenas seis semanas, discretamente puxara-me à parte para me pedir que olhasse pelo seu filho.

"Ele gosta tanto de você", disse-me. "Ele tem muito respeito por você."

"Pode confiar em mim", falei a ela, enquanto repelia com vigor aqueles malditos cachorros que queriam desesperadamente lamber o meu rosto.

Localizei-o bem depressa, parado no ginásio deserto olhando para o convés em sombras. As chaminés continuavam a soltar intermitentemente aquelas ensurdecedoras descargas de vapor, e embora o som chegasse amortecido pelas vidraças, mesmo assim precisei gritar para chamar sua atenção. Não se virou.

"Por que continua esse ruído horrível?", perguntou.

"É um pouco feito um trem", disse-lhe.

"Minutos atrás, pareceu-me ter visto um navio lá adiante."

"Espero que esteja vindo em nossa ajuda."

"Não", disse ele. "Parou de mover-se. Talvez seja apenas uma estrela."

"Você deveria ir buscar seu salva-vidas", disse-lhe. "O meu já está aqui comigo."

"Eu vou... daqui a pouco. Precisava refletir um momento sobre as coisas. Gostaria de..." O vapor voltou a soltar-se com força; quando esmoreceu o ruído, Charlie ainda estava desfiando sua lengalenga e me pareceu que estivesse falando de seu pai. "...Sei que ele gosta de mim, mas se preocupa ao pensar em como enfrentarei as coisas quando ele já se houver ido. Não tenho muita cabeça e é difícil eu encarar alguma coisa como sendo muito importante. Sou mimado demais por minha mãe, e isso me travou, essa é que é a verdade. Nunca precisei agir por minha conta, como vejo acontecer com outros caras. Não que eu houvesse desejado isso. Não faço direito as coisas sozinho... Falta-me senso comum."

"Charlie", protestei, "você tem mais senso comum do que

qualquer homem que conheço... e delicadeza, e um coração generoso..."

"Gostaria tanto que ele se orgulhasse de mim."

"Hopper e eu estamos no saguão", comuniquei-lhe. "Gostaríamos de ter você conosco."

"Eu irei daqui a pouco e me juntarei a vocês."

Hesitei, mas senti-me na obrigação de dizer:

"Você não está com medo, está, Charlie? Não há razão."

"Não há nada no mundo que me faça ter medo", disse ele. "É o que vem depois que me preocupa. Nem sempre tive um comportamento impecável na vida." Sua voz vacilou. Não pude deixar de sorrir. Se o pior acontecer, pensei, Deus certamente enviará todos os seus anjos com ordens de levar Charlie para o céu.

"Você terá muito tempo para expiar seus pecados", disse-lhe, "na verdade, o tempo de toda uma vida." Ele ouviu isso, olhou para mim com um sorriso dócil, aquiescente, e me seguiu escada abaixo.

Ida e Rosenfelder apressaram-se a vir ao nosso encontro. Nenhum dos dois conseguira descobrir Wallis. Ida a havia procurado por toda parte, perguntado a todos se se lembravam de tê-la visto, mas não houve ninguém que lhe desse uma resposta afirmativa.

"Ela estava na sala de jantar quando voltei depois que você desmaiou", explicou-me, "mas aí eu saí para ouvir um concerto na segunda classe e mais tarde tomei café com Molly no Café Parisien... aí aconteceu aquele encontrão horrível e Molly disse que o mais seguro seria permanecermos onde estávamos. O sr. Rosenfelder foi um amor de gentileza. Foi até o nosso quarto, mas estava trancado, para evitar pilhagens ou sei lá o quê, e o camareiro enxotou-o de lá com veemência."

"Bati, cansei de bater", disse Rosenfelder. "Acho que ouvi vozes, mas nada de ninguém abrir, e o camareiro chega e me diz que não tenho nada que estar ali naquele corredor."

Ofereci-me para ir lá mais uma vez, só a fim de tranqüilizar

Ida, e afastei-me afetando uma calma aparente, que era para enganá-los. Assim que saí do campo de visão deles, acelerei e dirigi-me a toda para o camarote de Wallis. Os corredores do convés A estavam desertos, como se essa fosse uma noite igual às outras e toda aquela pacata gente estivesse na cama. Não tentei bater à porta de Wallis; em vez disso, procurei o camareiro e pedi-lhe que me cedesse a chave. Ele se recusou, dizendo-me que suas funções não o autorizavam a tanto. Disse-lhe que derrubaria a porta se necessário, ao que retrucou que faria queixa de mim ao chefe dos camareiros. Gritei que podia fazer queixa de mim ao capitão Smith, que eu pouco estava ligando, e ficamos nos encarando desafiadoramente por instantes.

"Escute", disse-lhe. "Tenho motivos para acreditar que a srta. Ellery está lá dentro com um cavalheiro seu amigo. Esse tipo de coisa não deve ser novidade para você. Naturalmente, quando você bateu à porta da primeira vez, ela achou que se respondesse iria comprometer-se. Possivelmente esperou até concluir que você tinha ido embora, e aí, quando foi ver, a porta estava trancada. Entende o que eu estou querendo dizer?"

"Perfeitamente, senhor", disse ele. "Por que não me falou isso logo de saída?" Tirando a chave da argola em que a trazia junto com as demais, passou-a às minhas mãos. Disse-lhe que se afastasse discretamente, o que fez, sumindo no final do corredor, obviamente ansioso para transmitir ao segundo camareiro os picantes acontecimentos que se estavam desenrolando. Destranquei a fechadura, enfiei a chave por baixo da porta e corri para a escada. Não tinha vontade de dar de cara com Scurra.

No curto espaço de tempo em que eu me ausentara, a atmosfera no saguão havia passado por uma mudança. Providências começavam a ser tomadas; havia uma sensação de alívio, mais que de urgência, à medida que os empregados de bordo se moviam discretamente de um grupo para outro, insistindo com as mulheres para que subissem ao convés superior. Ida recusou-se a dar um passo sem sua irmã, até que eu disse que iria com ela, veria onde ela havia ficado e traria Wallis para o seu lado no momento em que a achássemos. Assegurei-lhe que não demoraria.

O camareiro-chefe levou-nos por uma escada estreita que servia à tripulação até o convés onde ficavam os botes, na proa. O coronel Astor e sua noiva, os Carter, os Theyer e a sra. Hogeboom iam à frente, retardados na sua marcha pelos passos solenes do sr. e da sra. Straus, inseparáveis como sempre. Escoltado por Hopper e Charlie, eu segurava com força a mão de Ida. O neto da sra. Brown, a cavaleiro nos ombros do pai, agitava-se acima de nossas cabeças, soprando num apito de metal. Houve até umas risadas quando afunilamos o cortejo para passar ao convés de cima. Atrás, acompanhando o passo de lady Duff Gordon e animando-a a avançar, ia Rosenfelder, metido num casaco de peles cor de cera de abelha.

O capitão Smith surgiu no alto, esperando impaciente para descer. Astor fez-lhe uma pergunta, algo sobre como se apresentava a situação naquele momento, e ele respondeu com bastante firmeza que estava tudo sob controle, mas que precisávamos apressar-nos.

Fomos dar no passadiço, pouco abaixo da torre de comando, e disseram-nos que esperássemos. Felizmente os apitos de vapor estavam inativos. Criou-se certo tumulto quando o sr. Theyer apontou, excitadíssimo, para o que ele pensou fossem as luzes de um navio à direita de nossa proa. Ficamos olhando atentamente, mas as luzes se encolheram e chegamos à conclusão de que fôramos confundidos pela luz de alguma estrela.

Entre os homens, alguns — inclusive eu — desceram a escada estreita, pelo lado de boreste, para ficar junto aos botes e poder ajudar, se necessário. Havia muito poucos marujos em redor e apenas dois oficiais, ambos às voltas com o complicado maquinismo dos turcos de içar e arriar. Dissemos a eles que estávamos dispostos a ajudar, mas fizeram sinais para que nos afastássemos. A noite estava absolutamente silenciosa, a não ser pelo som de nossos passos, as vozes que murmuravam baixinho e o estalar das lonas quando as coberturas dos botes foram retiradas. Astor caminhava em passadas solitárias, com o pequeno lume na ponta do seu cigarro descrevendo um arco pelos ares quando ele o lançou ao mar. Acima de nós, um milhão de estrelas espalhava-se pelo céu.

Uns quinze minutos depois, sem que nada houvesse sido feito no nosso setor do convés, Hopper e eu passamos para o lado de bombordo. Ali, vimos um único bote sendo arriado para a altura da balaustrada. Um clarão súbito irrompeu do convés de proa, com um chiado que nada ficava a dever ao de um foguete sendo enviado às estrelas. Foi subindo, subindo, e esticamos nossos pescoços para acompanhar sua ascensão, até que, explodindo com um estrondo que rasgou a noite ao meio e iluminando por um breve instante a densa fiação no mastro de luzes, fez chover suas próprias estrelas sobre o mar. As mulheres e as crianças no passadiço aplaudiram, tomadas de admiração pelo espetáculo; nós, homens, mal conseguimos trocar olhares uns com os outros, pois percebêramos que se tratava de uma medida desesperada.

A voz da sra. Brown fez-se ouvir do passadiço:

"Gostaria que tomassem uma decisão. Mandaram a gente vir cá para cima." E, foi só ouvi-la, logo as pessoas começaram a dirigir-se para dentro novamente. Hopper e eu cruzamos às pressas as portas do ginásio e descemos para reunir-nos aos demais.

Aos arrancos, os botes estavam sendo arriados, passando pelas janelas do passeio interno do convés A. Alguém teve que providenciar um formão para levantar as vidraças. O sr. Carter assinalou que a inclinação do navio havia tido como resultado os botes ficarem suspensos longe demais da balaustrada, tornando mais difícil para as mulheres entrar neles com segurança. Um oficial passou cadeiras de dobrar pelas janelas; quando o bote mais próximo ficou ao nível da sua, ele pulou para fora, firmando um pé na cadeira e o outro na beirada do bote. Não houve pânico nem indevida agitação até o momento em que ele mandou os homens cederem a vez às mulheres e às crianças. Várias mulheres começaram a chorar. O sr. Carter desafiou-o e em resposta ouviu-o gritar:

"Primeiro as mulheres e as crianças!"

Todos os homens obedecemos a ele. Ida agarrou-se ao meu braço, choramingando o nome de Wallis, mas fiz que se soltasse e passei-a aos cuidados da sra. Brown. Uma moça que carregava um bebê recusou-se a deixar o marido, mas ele lhe disse que tinha de fazer isso pelo filho.

"Não há por que se preocupar", foram suas palavras. "Estarei no próximo bote, pode ter certeza."

A sra. Straus estava sendo levada para a janela quando parou e disse:

"Não vou sem o sr. Straus."

Alguém, creio que foi Theyer, perguntou ao oficial se não poderia ser aberta uma única exceção para esse homem tão idoso e reverenciado por todos. Mas foi Straus quem se afastou, comentando que não iria se aproveitar de sua idade. A sra. Straus, depois de puxada ainda alguns passos para diante, soltou-se e veio, cambaleando, para o lado do marido.

"Ficaremos juntos, querido", disse ela. "Assim vivemos, assim morreremos."

Esse comentário, apesar da nobreza do sentimento que encerrava, convenceu a mulher com o bebê de que estava se separando do marido para sempre. Aos gritos, tentou pular do bote e foi empurrada de volta para dentro pelo oficial. A criança ficou gemendo fininho. O sr. e a sra. Straus afastaram-se uns poucos passos e foram sentar-se em cadeiras de dobrar, assistindo à operação como se estivessem na primeira fila de um teatro.

Lembrado de minha promessa, fui para dentro do navio à procura de Wallis. Passei pelas portas de vaivém, mantidas abertas para a noite, em direção àquele patamar da escada em que, antes (uma eternidade transcorrera desde então), madame Butterfly divisara um navio no horizonte distante. A orquestra estava a postos, tocando para os que se encontravam do lado de fora. Tinha se reunido às pressas; dava para ver no carpete as marcas deixadas pelo violoncelista ao arrastar de qualquer maneira seu instrumento.

Scurra estava sentado no convés de baixo, no Pátio das Palmeiras, refestelado a uma mesa, com as pernas estiradas. Discutia a Guerra do Peloponeso com Stead, o jornalista. Nenhum dos dois prestou a mínima atenção em mim. O sr. Stead estava adequadamente trajado para uma manhã ventosa em Wall Street. Seu salva-vidas permanecia lacrado sobre seus joelhos. Scurra vestia um longo sobretudo negro, por baixo do qual insinuava-se a bainha de meu roupão purpúreo.

Fui forçado a interromper a conversa.

"Escute aqui", dirigia-me a Scurra, "é importante que eu encontre Wallis. Ida não entra nos botes sem ela."

"Está por aí", disse ele. "Viu-se realmente sem poder sair quando deram o alarme."

Não era a hora de partir para uma briga com ele. Joguei-me a uma poltrona e enfrentei meus próprios demônios, calculando em minha cabeça quanto tempo eu conseguiria sobreviver naquela água gelada, se chegássemos a tanto, enquanto Scurra debatia se o relato feito por Tucídides da destruição da esquadra ateniense era verídico ou não. Ele se aprofundou especialmente nos episódios de afogamento, declarando sua estranheza pelo fato de que tantos houvessem morrido, sendo os gregos metade peixes por sua natureza e sendo em geral alta a temperatura do mar fora do porto. Meus pensamentos seguiram à deriva até que em dado momento eu me vi nadando com Hopper naquele lago tranqüilo em Warm Springs.

O jornalista acabava de levantar-se e apertar-nos a mão a ambos.

"Foi uma viagem interessante", observou. "Imagino que não vejamos outra como esta."

"Não tenha dúvida", disse Scurra.

Depois que Stead se retirou, tombou sobre o recinto um silêncio mortal. A não ser por um cara sentado a uma mesa no canto mais distante, com uma garrafa de gim cheia posta junto ao seu cotovelo, estávamos sós. A orquestra passara-se para o convés de fora. Scurra parecia abismado em seus pensamentos; um dos dedos compassadamente batia no lábio partido. O silêncio ia fundo como se tivesse um peso. Em meio a um pigarro, cogitei de perguntar-lhe como era afinal que tinha sido feita aquela cicatriz no seu lábio, mas mudei de idéia. Se fosse até Deus quem houvesse tirado um pedaço dele, para mim daria na mesma.

Por fim, Scurra disse:

"Antes estive nos banhos turcos. Que cansativo, deitar-se num divã egípcio com o suor se acumulando nas dobras da barriga. Só faltou mesmo o prato de uvas." Não lhe respondi, sabendo que mentia; os banhos ficavam fechados aos domingos. Ele me olhou zombeteiramente. "Você parece irritado", disse-me. "Ou é a sua maneira de preparar-se para a provação que se aproxima?"

"Digamos que sim", murmurei.

"Ao que parece, o transatlântico *Carpathia* está vindo para nos ajudar."

"É mesmo?" Meu coração saltou dentro do peito.

"Foi o que disse Ismay. Só que infelizmente não chegará a tempo."

"Não estou a fim de jogar a toalha", disse-lhe.

"É o que eu imaginava. De qualquer modo, veja você, não é curioso como a gente se agarra à vida quando tudo o que há de mais profundo nos exorta a entregar os pontos?"

"Não tenho consciência disso", falei-lhe. Estava cansado

de suas filosofices. Tudo o que eu desejava era que Sissy surgisse nas portas de vaivém e me levasse pela mão.

"Pense na música", disse-me. "Por que será que nos deixamos comover mais por aquelas peças compostas em tom menor? Ou por que será que vamos às lágrimas com a expressão 'deixar-se seduzir por uma morte acolhedora'?"

"Não eu", respondi-lhe bruscamente, e pus-me de pé.

"Não deve se preocupar por causa de Wallis", disse-me enquanto eu me afastava. "Ela e Molly Dodge estão aos cuidados de Ginsberg. Ele as levou para cima dez minutos atrás."

No passeio do convés A havia um punhado de passageiros indo e voltando, indo e voltando, impetuosamente. Fiquei espantado de ver a sra. Brown e a sra. Carter entre eles, porque imaginara que àquela altura dos acontecimentos já tinham sido despachadas. A sra. Brown disse que o bote havia descido mais de vinte metros em direção à água e que a linguagem usada por um dos membros da tripulação era pesada demais para que ela pudesse repeti-la. Ele insistira em fumar, disse ela, e tinha jogado sobre as pessoas os fósforos apagados. Ela, a sra. Carter e a jovem sra. Astor tornaram, todas, a sair do bote, mas Ida havia ficado. Ela tentara subir para o navio, mas teve o pé embaraçado numa corda. A sra. Carter rasgou seu casaco ao forçar a passagem pela janela. Não era seu melhor casaco, mas pretendia processar a companhia quando tudo houvesse terminado. O bote descera com apenas um quarto de sua lotação preenchido. A sra. Carter explicou que eles estavam esperando instruções para descer o bote um pouco mais e recolhê-las nos conveses de baixo do navio. O segundo oficial ordenara que fossem abertas as escotilhas a meia-nau para que pudessem entrar no bote estando ele mais perto d'água. Até aquele momento, ninguém aparecera para buscá-las. Perguntei por que havia tão poucas pessoas ali nas imediações dos botes e me disseram que a maioria preferira esperar mais um pouco, em vista de que o *Carpathia* estava a caminho para fazer o resgate.

Eu me dirigia para a escada coberta que levava ao convés superior quando Rosenfelder se aproximou. Insistiu comigo para que o acompanhasse em busca de Adele, que se decidira a ir até seu camarote a fim de salvar o figurino de madame Butterfly. Por algum motivo extraordinário ele por duas vezes me deu o tratamento de "filhote": a primeira foi quando contornávamos o patamar no convés C e, novamente, quando dobrei para o corredor errado no andar F.

"Você está seguindo para trás, filhote", repreendeu-me. "Concentre-se, por favor." Acho que estava querendo mostrar-se afetuoso.

Havia uma confusão terrível lá embaixo, com os corredores apinhados de pessoas que levavam seus pertences em fronhas carregadas nos ombros. Não vimos nenhum oficial e nenhum camareiro enquanto forçávamos passagem na multidão. Um garoto dirigindo um cavalo de brinquedo entre as pernas, com uma madeixa de fios de lã vermelha a servir de crina, arranhou-me o tornozelo; sua mãe corria atrás com passinhos curtos, carregando um bebê, e tinha um xale a cobrir-lhe o peito, com os dedinhos da criança agarrados na lã como se fossem um broche. Num saguão formara-se um círculo meio desordenado de homens e mulheres em volta de um padre que recitava o rosário. Alguns se ajoelhavam, outros balançavam para a frente e para trás como se o navio estivesse vencendo ondas por baixo deles. O padre tinha a aparência de um urso com o nariz esparramado em seu rosto, o que dizia era mal articulado e não dava para entender, os responsos dos fiéis envolvendo-o como o zumbido febril de uma nuvem de abelhas tiradas do seu sossego. Chegando a uma passagem em cotovelo próxima do dormitório, tivemos que achatar-nos contra a parede de azulejos a fim de abrir espaço para uma dúzia ou mais de foguistas que avançavam em bloco, com a cabeça enegrecida de graxa, alguns carregando pás. Os ventiladores no teto haviam parado de girar e o calor incomodava bastante. Não pude deixar de contrastar, em pensamento, esse inferno subterrâneo com o paraíso do convés superior, onde, sob o céu estrelado, as pessoas caminhavam ao lânguido som dos violinos.

Momentos depois localizamos Adele vindo do lado das cozinhas. Com uma das mãos trazia uma mala ordinária que tinha uma bisnaga de pão instavelmente pousada em cima, com a outra suspendia a saia do vestido de Rosenfelder, expondo suas lindas pernas até o joelho. Vestia um casaco preto que lhe emprestara lady Duff Gordon; mesmo assim, dava para ver nitidamente que a barra da cauda do vestido ficara com marcas de sujo.

"Deus meu!", gritou Rosenfelder. Puxou um lenço do bolso de seu capote de peles cor de cera de abelha e, pondose de joelhos, esfregou freneticamente o tecido. Recebeu um esbarrão de um homem de meia-idade que passou por ele correndo com uma bandeja nas mãos e muitas colheres tilintando em cima dela. Envergonhei-me por Rosenfelder — o que estava em jogo era tão mais grave que um vestido estragado — e puxei-o para que se levantasse. Adele disse:

"A água do mar está se infiltrando no chão da cozinha. Meus sapatos encheram-se de lama." E, de fato, suas sapatilhas cor de marfim estavam com manchas amarelas na frente.

Fomos acompanhando-a até o convés dos botes, na proa. Um deles estava sendo preparado para descer. Seja porque as cordas eram novas demais e por isso pouco flexíveis, seja porque os cunhos não estavam suficientemente lubrificados, os marujos encarregados da operação viam-se em apuros para arriar o bote manobrando os turcos. Nem sinal de Ginsberg e das moças. Ascot e sua mulher estavam parados nas imediações, sem se tocar um ao outro, ele olhando para a vastidão da noite, ela de rosto caído e olhos baixos. Ele havia trazido seu cachorro; cada vez que este bocejava, a respiração como que produzia anéis de fumaça. A sra. Brown também lá se achava, com os Carter e a sra. Hogeboom. A sra. Carter disse que estava exausta de tanto subir escadas de um convés para outro e que teria o maior prazer em sentar-se. Enquanto esperávamos, dei uma volta para os lados da popa. À minha frente, um oficial correu para onde estavam duas mulheres que vinham de bombordo em direção ao portão que separava primeira e segunda classes. Ergueu o braço.

"Podemos passar?", perguntou-lhe uma das mulheres.

Ele respondeu:

"Não, senhora, seus botes estão encostados em seu próprio convés." E elas se afastaram arrastando o passo.

Quando nosso bote finalmente ficou à disposição, e a sra. Carter havia embarcado nele, o sr. Carter gritou-lhe:

"Se algum motivo me impedir de segui-la, tudo o que você precisa saber está na terceira gaveta da escrivaninha, contando de cima para baixo."

"Sim, querido", respondeu a sra. Carter.

Os Astor deram um passo à frente. Ao ajudar sua mulher a firmar o pé na beirada do bote, Astor perguntou:

"Não posso ir com ela? Ela precisa de mim."

O pé dele já estava erguido, pronto para subir. O oficial respondeu:

"Lamento, mas não pode ser, senhor. Primeiro, temos que cuidar das mulheres."

"Compreendo", disse Astor, e recuou no mesmo instante. Sua mulher olhou para ele; ela esboçou um sorriso de coragem quando ele lhe acenou em despedida. Virei-me para Adele e peguei-a pelo cotovelo. Ela arrancava pedaços de pão com os dentes, como uma faminta. Desvencilhou-se energicamente de mim, e houve migalhas voando em todas as direções.

"Não vou entrar nisso aí", disse ela. "Irei quando os Duff Gordon me disserem que chegou a hora." Acho que Rosenfelder sentiu-se aliviado com a sua recusa. A sra. Carter mostrara a ele seu casaco rasgado.

O bote desceu com todos os guinchos e rangidos. Estava cheio pela metade, não mais que isso. Olhávamos para baixo, esperando ouvir o seu baque na água.

"Precisamos de um homem", gritou a decidida sra. Brown, cujo chapéu, iluminado pelas vigias, tomara a forma de um abutre tombado sobre sua presa. "Não há ninguém no leme." O oficial reclamou a presença de um marinheiro; um garçom de vinhos do restaurante *à la carte* avançou como uma flecha e desceu pela corda antes que alguém pudesse detê-lo. Houve quem gritasse que ele era um sem-vergonha descarado.

Olhamos o bote afastar-se. Não havia lanternas a bordo e, tão logo ficou fora do campo de luz projetado pelas vigias, tudo o que se pôde perceber dele era o ruído fantasmagórico da água sendo levantada pelos remos.

"Garfield tem a chave", avisou o sr. Carter. Não houve resposta.

O segundo bote estava quase em posição para o embarque quando enguiçou cerca de um metro acima da balaustrada. Uma manobra complicada exigia que ele primeiro fosse sacudido para cima antes de descer. O oficial encarregado virou-se para o convés — por sorte, eu estava ali bem junto dele — e pediu ajuda. Aproveitei a oportunidade, contente de poder ter finalmente uma participação ativa, e entreguei-me de corpo e alma à tarefa, puxando e empurrando como se disso dependesse a minha vida. E quando conseguimos acertar a posição, ou quase, e o oficial gritou para as mulheres que avançassem para embarcar, pude ajudá-las a subir e a meter-se lá dentro. Mais uma vez, o bote foi descendo com apenas metade de seus lugares preenchidos, e não pude resistir a fazer as contas em minha cabeça, subtraindo os que se salvavam dos que haviam sido deixados para trás, particularmente aquelas criaturas perplexas que encontrei mais abaixo na terceira classe.

Fui mandado para o lado de bombordo onde havia mais homens que mulheres reunidos no convés. Fiquei sabendo depois que se espalhara um rumor de que os homens seriam recolhidos ali e as mulheres no lado de boreste. Se foi verdade não sei, mas quando o bote número 5 ficou pronto para o embarque havia tão poucas mulheres que uma dúzia ou mais de homens tiveram permissão para entrar nele. Perguntei ao oficial se não deveríamos esperar ainda um pouco, mas ele disse que não havia tempo e que não se atrevia a encher o bote até o limite de sua capacidade, não naquela altura a que estava suspenso, porque poderia partir-se ao meio com o esforço.

"Há mulheres e crianças esperando nas escotilhas a meia-nau", disse ele. "Elas podem entrar com maior facilidade por lá."

Com o bote descendo aos arrancos, as mulheres agarrando-se umas às outras, criou-se um tumulto à minha direita e um homem gritou:

"Mais depressa!... Mais depressa!... Desçam mais depressa, vamos!" Era Bruce Ismay, agitando seus braços como um moinho de vento. Havia perdido uma de suas sapatilhas, e o pé descalço ficava batendo no convés enquanto ele voltava a gritar, num acesso de impaciência: "Mais depressa com isso, mais depressa!".

O oficial que tinha a seu cargo a operação zangou-se e gritou de volta:

"É só você não se meter, que eu consigo fazer meu trabalho direito. Está querendo que eu dê ordens para descer mais depressa? Não vê, seu idiota, que vou acabar afogando todos eles?"

Ao ouvir isso, Ismay saiu de mansinho, sempre agitando os braços. Estiquei o pescoço, esperando ver o bote fazer uma parada à meia-nau diante das escotilhas, mas desceu direto até a água e afastou-se impulsionado pelos remos.

Pouco depois, começaram a lançar mais foguetes, dessa vez com intervalos de cinco minutos. A cada clarão que inundava de luz o convés, os rostos voltados para cima ficavam paralisados pelo choque. Num desses instantes, avistei Adele curvada como uma sereia com a cauda reluzente recolhida para um lado. Caminhei ao longo do convés agora superlotado e, chegando até ela, insisti para que me acompanhasse. Ela me disse que havia combinado encontrar-se com Rosenfelder e os Duff Gordon na proa, mas perdera-se deles numa debandada para estibordo dos passageiros em pânico. Perguntei-lhe se havia visto Wallis e ela disse que sim, no saguão com Ginsberg e outra garota, mas isso já algum tempo atrás. Wallis estava fumando um cigarro.

Eu a ia levando para a proa, quando um oficial adiantou-se e pediu-me para ir buscar cobertores no depósito de utilitários. Nesse exato momento os Straus passaram com sua criada. A moça gritava e chorava, protestando que não queria deixá-los, e eles lhe asseguravam que era para o seu bem e que tinha de pensar na mãe viúva. Instei com o sr. Straus para que olhasse por Adele e ele respondeu que seria um prazer.

Eu não fazia a menor idéia de onde pudesse ficar o depósito de utilitários, mas, lembrando-me das mantas lançadas ao chão quando precisaram das cadeiras de dobrar no passeio interno, desci correndo. Munindo-me de uma boa pilha delas, estava a ponto de voltar quando olhei pelas janelas para dentro do salão de fumar. Parecia vazio, a não ser por um círculo de homens que jogavam cartas diante da lareira — mas, de repente, como um dos jogadores trocasse de posição, tive a surpresa de ver, num vão de parede por trás dele, Wallis sentada com Ginsberg. Na maior preocupação, precipitei-me salão adentro.

Quando ela me viu, acenou para mim com entusiasmo e exclamou:

"Agora vamos saber o que está acontecendo!"

Pelos rostos rosados de ambos dava para ver que haviam estado bebendo. Sabendo o que eu sabia sobre ela, não seria o caso de ficar tão chocado, mas fiquei. Absurdamente, achei que de certo modo a culpa era minha. Virei-me com fúria para Ginsberg e chamei-o de um idiota total por não a levar para o convés.

"Espere lá, calma!", protestou. "Eu tentei. Mas ela não estava a fim."

"Quase fui", disse Wallis. "Antes, com Molly. Sinto-me culpada, quando penso nisso. Ela estava agarrada ao meu braço e no último momento torci o corpo para me soltar. Não suportei a idéia de ficar confinada com todas aquelas crianças abrindo o maior berreiro."

"Ida, pelo menos, está salva", disse-lhe.

"Salva?"

"Sim, salva", repeti com impaciência. "O navio está afundando, ou você não ouviu falar? Ela procurou você por todo canto. A porta de seu quarto estava trancada."

"Eu estava com Ginsberg", insistiu. "Não posso entender por que a porta estava trancada."

Houve uma ligeira pausa, em que ela e Ginsberg trocaram olhares. Em desafio, ela tirou um dos cigarros dele e esperou que ele o acendesse.

"Fique aqui e tome um drinque", insistiu ela. "Os atendentes desapareceram todos, mas Ginsberg pula o balcão e se serve."

"Não precisa me olhar desse jeito, Morgan", disse Ginsberg. "Tive o escrúpulo de deixar pago tudo o que consumi. Deve-se ser honesto, não lhe parece?, mesmo que ninguém jamais venha a saber."

Arrancando o cigarro dos dedos de Wallis, atirei-o à escarradeira.

"Minha nossa", exclamou ela, "você é tão suscetível quanto Ida!"

"Ela não queria entrar no bote", disse-lhe já gritando, "a não ser que fosse com você. Se dependesse dela, teria ficado, mas o oficial encarregado empurrou-a para bordo."

"Pobrezinha da Ida", Wallis murmurou, "ela sempre se deixou influenciar por empurrões." Ao ouvir isso, irritado além de todos os limites, deixei-os.

Guggenheim estava bloqueando o acesso à porta do ginásio, absorvido em olhar pela janela Kitty Webb, que se afastava. Ele deslocou-se para o lado a fim de me deixar passar, e Kitty então olhou para trás e despediu-se:

"Até a vista, Benny."

Ele disse:

"Adeus, garotinha." Mas duvido que ela tenha escutado, porque a porta já se estava fechando e a orquestra tocava nas proximidades. Apesar do frio, o violoncelista não usava luvas, e eu me admirei de como ele conseguia firmar com tanta energia o arco sobre as cordas.

O capitão Smith havia descido do passadiço e estava agora parado com o contramestre ao pé da escada coberta. Ambos olhavam para a noite. Quis que Smith notasse como eu estava sendo útil, de modo que me aproximei dele e passei as mantas ao contramestre. Ele as pegou sem fazer nenhum comentário; e o olhar de Smith não se desviou nem por um instante do horizonte. Era possível acreditar que uma esquadra inteira de navios estivesse ancorada ali, tanta era a intensidade com que brilhavam as estrelas, e onde o céu mergulhava para encontrar o mar, este se coalhara de luzes diamantinas. Fui em frente batendo forte com os pés para evitar que os dedos congelassem, até que ouvi o rangido dos turcos na área da proa. Estavam pousando n'água o bote número 1 e corri para ajudar no que fosse possível.

Dessa vez minha ajuda não foi bem recebida; havia pelo menos seis ou sete membros da tripulação manobrando para colocar o bote em posição. Feito isso, pularam para dentro dele e, nesse momento, um homem e três mulheres saíram das sombras e ouvi a voz de Duff Gordon dizer:

"Podemos entrar no bote?"

E, em seguida, a resposta:

"Se não houver outro jeito."

Achei que duas das mulheres fossem Adele e a criada dos Straus, mas, quando cheguei mais perto, vi que eram ambas idosas. Chamei por lady Duff Gordon, querendo saber o que acontecera a Adele, mas já o bote se afastava e ela não poderia ter me ouvido. Gritei para o oficial que esperasse, pois eu havia visto claramente que sobrava espaço ainda para umas trinta ou mais pessoas a bordo, mas ele continuou a manobrar com as cordas, raivosamente advertindo-me que eu recuasse de onde estava; imagino que tenha pensado que eu procurava me salvar.

Quando o último bote salva-vidas do lado de boreste perdeu-se de vista, um grande jato de fumaça projetou-se das chaminés e cobriu o céu. Depois de ele ter se dispersado, trazendo de volta o brilho leitoso das estrelas, foi que ouvi o primeiro disparo de uma arma de fogo.

Corri na direção de onde partira o estampido e no caminho encontrei-me com Charlie, que vinha acelerado.

"Wallis está querendo você", disse-me arquejante. "Você precisa vir e falar com ela. Ela se recusa a dar um passo, a menos que você fale com ela. Hopper tentou retirá-la à força, mas ela lhe deu pontapés. Está num porre danado."

"Houve um outro tiro", disse-lhe. "Escutei um tiro."

"Foi por causa do tumulto no lado de bombordo. Alguns dos homens tentaram invadir os botes e o segundo oficial disparou seu revólver para o alto. Eram passageiros da terceira classe, lógico."

Os homens no salão de fumar continuavam a jogar cartas. Ginsberg já se tinha ido. Hopper estava de pé com sua perna apoiada no assento de uma cadeira, alisando e esfregando as canelas, contrariado.

"Veja se inspira um pouco de bom senso nela", murmurou. "Ficou maluca."

Wallis fixou em mim seus olhos faiscantes. Que olhar! Nada de malúco, mas feio pelo sofrimento. Entendi o que havia de errado com ela sem que precisassem me dizer, como se sua alma houvesse despejado uma centelha na minha. Enchime de piedade, de ciúmes também, porque talvez nunca eu chegasse a conhecer o tipo de amor que a tinha presa pelo pescoço.

"Por favor", disse-me, num tom lúgubre. "Preciso falar com ele. Você vai descobri-lo para mim, não vai?"

"Vou tentar", disse-lhe. "Mas você tem que vir para o convés e ficar perto dos botes."

"Não consigo me mexer", disse ela.

"Eu sei", falei com mais calma. "Charlie carregará você."

Não fui procurar Scurra. Não de imediato. Havia assuntos mais urgentes a tratar, pois quando saí para o passeio havia pelo menos umas cem pessoas agitando-se no convés, gritando umas com as outras e empurrando de cá e de lá para chegarem ao bote salva-vidas que balançava à altura da balaustrada. Agora havia entre elas passageiros da terceira classe; vi o padre do nariz e o menino com o cavalo de brinquedo entre as pernas. Os oficiais avançavam para os homens, repelindo-os com pontapés, e recolhiam as mulheres como se fossem sacos. Nem me passou pela cabeça voltar para ir buscar Wallis; teria sido de todo impossível para Charlie fazê-la transpor uma tal barreira. Hopper e eu abrimos passagem à força até chegar à balaustrada, e lá ficamos os dois parados, ombro a ombro um ao lado do outro, afastando os homens e passando mulheres e crianças para os braços do oficial ajoelhado à beira do bote. Tive o rosto esmurrado muitas vezes, mas mal deu para sentir os golpes.

Dessa vez não havia como o bote ir-se embora preenchido apenas pela metade; setenta ou mais pessoas, em sua maioria mulheres, e algumas delas em pé, participaram da descida oscilante. Tinham já quase alcançado o mar, quando algo deu problema no aparelho de arriar, e as cordas se emaranharam, com o resultado de o bote quase afundar sob um jato d'água propelido pelo cano de esgoto do navio. Um uivo de terror ergueu-se nos ares. Pude presenciar muito bem a cena desesperadora porque, do momento em que o bote começou a descer, a multidão se deslocou para mais adiante no convés, onde já balançava o próximo a ser ocupado. Embaixo, tão logo o perigo havia passado, outra dificuldade surgiu para a tripulação do bote: não havia como soltá-lo das cordas de arriar; o mar estava tão calmo que faltava impulso para tanto. O bote seguiu à deriva em direção à popa, mas ainda preso, e mais uma vez as mulheres elevaram suas lamentações. A essa altura, o segundo bote começara a descer, e diretamente acima do primeiro. Houve uma voz que gritou: "Meu Deus do céu, ele vai nos estraçalhar!", e o que deve ter acontecido foi que na última hora o timoneiro recorreu ao seu canivete, porque no instante seguinte o bote saiu do caminho com uma guinada e seguiu seu rumo livremente.

Eu já não sentia frio, isso sem a menor dúvida; o suor escorria sobre meus olhos. Hopper rachou o lábio. Subimos para ver o que mais poderia ser feito e descobrimos que um bote salva-vidas inflável fora colocado no turco agora livre e onde antes se achara pendurado o bote dos Duff Gordon. O sr. Carter e Bruce Ismay estavam em pé do seu lado. Tinham as mãos em concha colocadas acima da boca e gritavam para que as mulheres se chegassem e viessem para o bote, mas não parecia haver mais nenhuma à vista. Gritei que havia muitas nos conveses inferiores, e, ouvindo isso, o oficial ajudou o sr. Carter e o sr. Ismay a entrarem no bote. O sr. Carter chamou-nos, a mim e a Hopper, para que entrássemos também, mas abanamos nossas cabeças. Não sei dizer ao certo o que ia no pensamento de Hopper, mas imagino que, para um como para o outro, a sensação era de que aceitar o convite teria sido um ato pouco viril de nossa parte, com tantas mulheres ainda por serem salvas. O sr. Carter não era má pessoa e eu não quis deixá-lo com a impressão de que o havíamos desmascarado, por isso fui até a balaustrada, desejei-lhe boa viagem e disse-lhe que esperava em breve revê-lo e à sra. Carter. A inclinação do navio era tanta que o salva-vidas inflável, ao descer, foi dando encontrões no casco a ponto de eles terem de mantê-lo à distância por meio dos remos, do contrário haveria o risco de as cabeças dos rebites rasgarem a lona. Podia-se ouvir Ismay gritando com o sr. Carter para manter suas costas dentro do bote.

Estávamos correndo para a popa quando Hopper avistou Charlie sentado num banco junto à base da segunda chaminé. Ele embalava Wallis em seus braços.

"Ela não consegue parar de tremer", disse. "Rosenfelder deu-lhe o seu capote mas não fez nenhuma diferença."

Atacado de remorsos, lembrei-me da promessa que havia feito. Disse-lhe que não se mexesse dali onde estava, a não ser que ele conseguisse colocar Wallis num bote salva-vidas. Charlie franziu a boca e comentou que isso seria pouco provável. Tentara fazê-lo dez minutos antes e ela lhe mordera a mão.

Scurra continuava no Pátio das Palmeiras. O homem com a garrafa de gim se havia juntado a ele; era de meia-idade e tinha olhos azuis de pouca vivacidade, ainda que congestionados. A garrafa estava quase vazia, mas Scurra nem havia tocado no gim.

"Wallis precisa de você", disse-lhe. "Ela quer falar com você." Não teria sentido fazer muitos rodeios.

"Sobre alguma coisa em particular?"

"Ah! pare com isso", exclamei. "Você sabe muito bem o que eu quero dizer."

"Trata-se de uma conversa particular?", indagou o bebedor de gim.

"O que você gostaria que eu dissesse a ela?", falou-me Scurra. "O que você aconselharia?" Sua expressão era séria, o que me pôs fora de mim.

"Sei lá", disse-lhe. "Você podia pelo menos fingir que..."

"Se é em particular", interrompeu nosso companheiro de mesa, "posso perfeitamente me retirar. Estou acostumado a me retirar. Posso sair na pontinha dos pés, como uma fada..."

"Fingir que... o quê?"

"Fingir que gosta", disse-lhe.

"Fingir é perigoso."

"Mas, se ajudar a fazer com que ela entre nos botes...

"E se ela sobrevivesse?", disse ele. "Não há a menor dúvida de que eu seria culpado de quebra de promessa." Aqui ele deu uma gargalhada, mas senti que não era autêntica.

"Talvez ela deseje que você lhe diga adeus."

"É só vocês me dizerem", murmurou o bêbado, com a cabeça desabando sobre a mesa.

"Não há muito tempo", eu disse. "Ela está lá sentada, recusando-se a entrar nos botes. Você quer ficar com esse peso na consciência?"

"Não estou certo de ter uma", disse ele pausadamente. Olhou à distância, tentando encontrar um argumento. Eu não poderia forçá-lo a ir comigo, sabia disso muito bem. O bêbado estava sonhando, aos roncos. Scurra passou a mão na cabeça dele, maternalmente.

Eu estava disposto a desistir, quando ele disse:

"Não sou tão cruel como você pensa, sabe? Tenho, sim, meus sentimentos, embora pareçam ser diferentes daqueles que geralmente se consideram adequados. Há muitas mulheres neste navio que me teriam concedido seus favores, assim como há muitos homens que frearam seus impulsos tão logo perceberam que eu não estava disponível. Digo isso sem vaidade, ainda que seja difícil para alguém de sua idade e com o seu temperamento acreditar que eu não esteja mentindo. Limito-me a registrar o que é um fato. Escolhi Wallis porque reconheci nela uma criatura semelhante a mim, quero dizer: nos assuntos do coração. Uso a expressão livremente, me entenda, porque numa ligação tal como a que estou descrevendo o coração em geral acha-se ausente."

"Então escolheu errado", disse-lhe, exaltando-me. "Ela está horrivelmente magoada."

"Isso, por causa de circunstâncias infelizes", alegou ele. "Eu não esperava ter um encontro com a morte logo em seguida a ter praticado o que passa por ser amor."

"Não quero ouvir isso", gritei, referindo-me à menção feita à morte, não à outra coisa, de que supostamente eu não tinha nenhum conhecimento.

"Vamos supor que eu vá com você", argumentou, "e faça como você está dizendo. Terei uma probabilidade contra dez de não ser rejeitado. As mulheres são assim, você não concorda? E se eu pronunciar essas palavras consoladoras, que não se baseiam na verdade, ela pode passar o resto de sua vida enganada, acreditando que o melhor de sua existência passou para sempre, simplesmente porque essa noite não tem comparação com nenhuma outra."

Não agüentei continuar escutando, e pus-me de pé, num salto.

"Adeus", falei-lhe. "Não há mais nada a dizer."

"Adeus", repetiu em eco o bêbado, esforçando-se para erguer o tronco derreado. "Muito prazer em conhecê-lo."

De qualquer modo, Scurra acabou vindo comigo. Levei-o até Charlie, que permanecera em seu posto com Wallis nos braços. Ele e eu nos afastamos um pouco para dar privacidade ao casal. O coitado do Charlie estava azul de frio, e aturdido, mas não nos fez qualquer comentário. Dava para ouvir um tumulto de vozes enfurecidas vindo do lado de bombordo e mulheres aos gritos.

Não sei o que Scurra terá dito a ela. A certa altura, ela levantou a mão como se para esbofeteá-lo, mas ele segurou-lhe o pulso, impedindo-a. Passados apenas uns poucos minutos, ela se levantou e veio até Charlie. Recuperara o jeito sereno, e mesmo algo de sua vivacidade. Com a maior naturalidade, disse:

"Estou pronta para ir, agora." E levantou a gola do casaco de peles de Rosenfelder de modo a ficar mais aconchegante junto aos seus ouvidos.

"Navios que se cruzam dentro da noite", murmurou Scurra, enquanto se encaminhava tranqüilamente de volta para dentro do navio. Foi então que ouvi o segundo tiro, seguido de vários outros, e um grito mais forte do que tudo o mais.

Não reconheci logo Rosenfelder, porque Adele estava ajoelhada de bruços sobre ele, segurando-lhe a cabeça junto ao seu peito e protegendo-lhe o rosto com a mão. Tratamos de separá-los à força, para evitar que ele fosse pisado pela multidão endoidecida em torno do bote inflável que estava sendo arriado para o convés. Com ajuda de Charlie, levei-o até o banco mais próximo e lá o deitei. Não estava gravemente ferido, mas gritou como um porco quando mexi no seu ombro com energia um tanto demasiada. Ele disse que estivera tentando trazer Adele para perto do bote quando um oficial começou a atirar às cegas na multidão. Outro oficial tentara tirar a arma da mão do colega por causa das mulheres, mas já então era tarde demais. Ele achava que tinha sido atingido na parte superior do braço.

Deixei Charlie cuidando dele, mandei que Adele e Wallis se segurassem com força nas abas do meu casaco e avancei com ímpeto em direção ao centro da frenética aglomeração. Gemidos e xingamentos acompanharam cada centímetro do meu batalhado avanço. A inclinação do navio era agora tão pronunciada que as pessoas caíam, eram pisadas e a gente não se importava. Numa tentativa de garantir somente para as mulheres o acesso ao bote, os oficiais formaram, com os braços unidos, um círculo fechado em torno dele. Por sorte, fui reconhecido por um do grupo graças à minha participação nos trabalhos do passeio coberto, e ele fez-me sinal para que avançasse. Quando o alcancei, trouxe para diante de mim as moças, com Wallis em primeiro lugar, e ele ajudou-a a passar. Eu estava em vias de conseguir empurrar Adele para o reduto seguro quando a maldita arma voltou a disparar e, no movimento geral de recuo que se seguiu, perdi meu lugar e fui varrido para a periferia. Adele tremia como vara verde e pareceu-me bastante incapaz de retomar o ímpeto para avançar, na verdade eu tampouco me sentia com esse ânimo, exausto como me achava. Retornei ao banco quase que a carregando. Seu manto fora arrancado e a frente do seu vestido estava manchada de sangue, se bem que o sangue fosse de Rosenfelder, não seu. Ela sentou-se, acometida de calafrios, ao lado do alfaiate ferido; trêmulo também, ele se desvencilhou de seu paletó para cobrir-lhe os ombros com ele.

"Vá em frente", disse-me. "Imagino que você tenha tarefas a cumprir."

"Se eu descobrir que há um outro bote", disse-lhe, "volto para pegar você e Adele." Rosenfelder anuiu com a cabeça. Não me despedi dele, a não ser mais tarde, e muito me arrependi disso, pois quando pude fazê-lo ele não conseguiu me ouvir.

Caminhamos em direção à proa. No centro do navio um outro bote salva-vidas inflável descia e estava a ponto de encostar na água. Parecia bem cheio. Enquanto o olhávamos flutuar, uma figura subiu à balaustrada do convés de baixo, deu um passo para fora e, escorregando mais do que pulando, foi pousar pela metade na beirada do bote. A cabeça tinha mergulhado dentro d'água. Depois que o puxaram para dentro da embarcação, tombou de costas, e vimos que se tratava de Ginsberg, sem sentidos, e ainda agarrado a seu lenço pegajoso. Acho que a queda lhe tirou a respiração. Por um instante passou-me pela cabeça que eu também deveria tentar um pulo com o mesmo objetivo, mas já então o bote estava se movendo para fora das luzes.

"Os ratos sempre abandonam um navio que afunda", comentou Charlie, e achei tremendamente injusta a observação, tendo em seguida estupidamente lhe dito isso. Seus olhos encheram-se de lágrimas. Hopper dirigiu-se ao oficial que acabava de descer dos turcos e perguntou-lhe o que deveríamos fazer.

"Rezar", foi a resposta.

Agora que todos os botes tinham partido, começou a espera. Fomos para dentro, atrás de algo em que nos pudéssemos apoiar sobre as águas. A idéia foi de Hopper. Faltavam dez minutos para as duas, pelo relógio da escadaria principal, e admiramo-nos de que o tempo houvesse passado tão devagar, pois parecia termos vivido uma existência inteira no espaço de uma hora.

Os jogadores de cartas tinham permanecido estoicamente à sua mesa no salão de fumar. Hopper pediu um cigarro a um deles e ouviu como resposta que havia centenas de maços no bar e todos de graça. Ele voltou trazendo o salva-vidas ornamental que estava pendurado na parede acima da estante de bebidas. Tentou enfiá-lo no corpo, mas não passou dos ombros, prendendo-lhe e paralisando-lhe os braços, de modo que não teve como se livrar dele. Apesar dos pesares, isso me fez rir alto, ao que os jogadores reagiram com o atrevimento de me repreender por estar perturbando-os.

Aí eu me lembrei de Rosenfelder ter me dito que vendiam *souvenirs* da viagem na barbearia do convés C. Ele havia comprado um pincel de barba com a bandeira da White Star esmaltada no cabo. Perguntei-lhe, pensando no bebê de Sissy, se tinham alguma coisa que servisse para criancinhas pequenas e ele me disse que tinha visto ursinhos de brinquedo e bóias infláveis para excursões à beira-mar. Sugeri a Charlie que viesse comigo, mas ele empalideceu só de pensar em ir tão longe.

"Desculpe", disse-me. "Mas não consigo deixar de ser covarde." Não demonstrei, mas perdi a paciência com ele. Afinal de contas, covardes somos a maioria, mas ninguém sai por aí gritando isso para todo mundo ouvir.

Descer aos labirintos internos do navio era àquela altura uma aventura sinistra. Não havia ninguém por perto, e mesmo assim todas as luzes estavam acesas. Não usei o elevador, com receio de que de repente houvesse uma pane de energia e eu ficasse preso. A inclinação do navio chegara a um grau extremo e eu era obrigado a percorrer os corredores apoiando as mãos num e noutro lado das paredes. Quando cheguei à barbearia, a porta estava aberta, estancada, para dentro. Riley sentara-se numa das cadeiras giratórias, penteando os cabelos diante do espelho. Abriu um sorriso ao ver-me e pôs-se a girar, dando voltas e mais voltas ao assento.

"Experimente", disse-me. "É muito divertido." Instalei-me na cadeira ao seu lado e ficamos os dois girando. Realmente, senti-me muito à vontade.

"Veio procurar o que aqui embaixo?", perguntou-me. "Achou que precisava fazer a barba?"

"Estava procurando alguma coisa em que eu pudesse me segurar... quando cairmos n'água."

"Sai dessa!", ele zombou. "Você vai ter à sua escolha tudo o que se acha dentro do navio, assim que ele começar a afundar." Meus olhos devem ter assumido uma expressão de pânico, porque ele logo acrescentou: "Pode deixar, que ele ainda resiste um tempo. Vá por mim. Talvez meia hora, ou até mais, se tivermos sorte".

"Teve alguma coisa a ver com o incêndio?", perguntei-lhe. "Aquele no paiol de carvão."

"Duvido muito", disse ele. "Estávamos indo depressa demais e não levamos em conta os avisos sobre o gelo."

"O *Carpathia* está mesmo a caminho?"

"É o que dizem as mensagens de rádio. Mas não chegará antes do amanhecer."

"Já está amanhecendo."

"Quero dizer que só chegará de manhã, na hora de enchermos a barriga." Parou de girar e começou a destampar os frascos arrumados acima da pia, cheirando o conteúdo de cada um. Quando o cheiro não recebia sua aprovação, esvaziava o frasco fazendo correr o líquido para dentro do ralo. Um perfume de sabonete espalhou-se pelo ar. Refletida no espelho, uma longa fileira de ursinhos de brinquedo rigidamente sentados na prateleira atrás de mim. Os gorros de marinheiro eram brancos, mas com uma fita em torno de cada um em que se lia, em ordem invertida, "RMS *Olympic*".

"Acho que o melhor é pular", disse eu. "E da proa."

"Errado. Erradíssimo. O melhor lugar é de cima da cabine de comando. Onde está o bote inflável. A frente do navio vai descer e mergulhar no mar, e quando isso acontecer as águas se encarregarão de remover você dali. E muito provavelmente você vai poder se escorar na chaminé dianteira."

"Há outro bote?"

"Os oficiais o estão reservando para uso deles próprios. Pelo menos, não recebemos ordens de arriá-lo." Ele estava me olhando no espelho, examinando meu físico. "Você pode ser que resista", disse-me. "Talvez pense que os gordos se darão melhor por terem mais carnes, mas na maioria dos casos o coração deles pifa em conseqüência do choque. Quanto a mim, estou no grupo dos magrelos, mas isso só significa que o frio vai congelar meu corpo mais depressa."

Achei que ele estava a fim de me meter medo e encarei-o com firmeza.

"Que foi que eu fiz... antes... para deixar você assim tão contrariado comigo?", perguntei.

"São águas passadas", disse ele.

"Mesmo assim, gostaria de saber."

"Aquela maldita meia coroa que você me jogou." Fiquei olhando para ele. Entendi que ele considerava que ao dar-lhe a gorjeta eu o havia tratado como a um inferior. "Desculpe", falei, hesitante. "Não pensei..."

"Não, não pensou nem um pouco, sei muito bem! De qualquer maneira... você com seus milhões e eu com minha meia coroa estamos no mesmo barco." E, ao dizer isso, tirou do bolso uma moeda de prata e lançou-a à pia. Em seguida, saiu porta afora. Fiquei ali sentado um instante, sentindo-me mal. Acho que foi o cheiro de lavanda, e não a maneira como ele me tratou, que me causou a indisposição. Deixei a moeda onde ela caiu, para o caso de ele voltar, mas quando saí para o corredor já não havia nenhum sinal de sua presença.

Em todo o trajeto para o convés A, mantive em pensamento com ele uma discussão na qual eu protestava contra ser considerado um pão-duro e argumentava que, para alguém com o seu salário, dois *shillings* e seis *pence* não eram uma quantia a ser desprezada — mas de repente me veio à lembrança o dinheiro que Charlie me dissera ter eu jogado fora no carteado da noite anterior, e então senti o rosto arder de vergonha.

Hopper e Charlie tinham ido para o salão de fumar. Os jogadores de cartas também. Thomas Andrews estava erguido diante da lareira e de costas para mim, equilibrando-se nas pontas dos pés, para colocar na posição certa um quadro acima do console. Era a pintura representando o porto de Plymouth, e que, da última vez que eu vira, estava numa parede da biblioteca. Ele deu um passo atrás para verificar se não tinha ficado torto, e então chamei seu nome. Ele não se virou. Seu salva-vidas achava-se largado sobre a mesa. Cheguei mais perto e disse-lhe:

"O senhor não vai subir para o convés? Não resta muito tempo." Sempre de costas para mim, fez um gesto de agitar a mão no ar, que tanto podia ser para que eu fosse embora como para que eu o entendesse como um último adeus.

Segui a recomendação de Riley e, uma vez no convés, subi a escada de acesso à cabine de comando, que ficava à frente da primeira chaminé. Havia marujos no teto da cabine, batalhando para soltar o bote inflável. Olhei para baixo e vi Guggenheim e seu criado, trajados como se fossem para uma festa. Estavam escutando a orquestra que tocava um ragtime para levantar os ânimos; Guggenheim marcava o ritmo com batidas de sua bengala na balaustrada. Hopper achava-se muito perto deles, olhando ora numa, ora noutra direção. Achei que estivesse tratando de me encontrar e gritei chamando-o. Por sorte, ele ouviu e dirigiu-se correndo para a escada. Disse-me que Charlie estava mais para trás no convés. Ambos tinham ido para a popa, onde um padre estava dando absolvição condicional a uma congregação alucinada. Quando Charlie caiu de joelhos e começou a balbuciar umas confissões inteiramente idiotas, como ter atormentado um gato em seus tempos de menino e ter roubado um dólar da bolsa da mãe, ele, Hopper, não viu outro jeito senão deixá-lo por lá.

"Juro, Morgan, ele se acovardou por completo."

Nesse momento, a orquestra mudou de música e atacou um hino religioso que eu conhecia bem porque era um favorito de minha tia, e que às vezes ela costumava cantar quando estava se sentindo especialmente feliz... "Mesmo sendo necessária uma cruz para levantar-me,/ Meu canto é todo de regozijo por estar mais perto de Vós, meu Deus,/ Mais perto de Vós." Ouvindo-o, não tive dúvidas de que deveria ir em busca de Charlie, se não por minha causa, pelo menos por causa de lady Melchett, e era o que eu teria feito se Scurra não me houvesse detido ao pé da escada. Disse-me:

"Um homem suporta o peso do próprio corpo sem ter consciência disso, mas logo sente o peso de qualquer outro objeto. Não há nada, absolutamente nada, que um homem não seja capaz de esquecer; exceto ele próprio." E, antes de afastar-se, disse aquelas outras coisas, sobre a insignificância de ser lançado para o alto, em comparação com o perigo de ser puxado para baixo, e o resultado foi que entreguei Charlie a Deus e voltei a subir para o teto da cabine de comando.

E, agora, estava prestes a chegar o momento decisivo. A popa começou a levantar-se das águas. Guggenheim e seu criado improvisaram-se em alpinistas, começando a escalar uma balaustrada que se inclinava para a vertical. O hino foi se desintegrando até cessar de todo. Os músicos dispersaram-se em direção ao alto do navio, com a base do violoncelo a riscar em todo o seu trajeto o chão do convés. Firmando-me como pude num degrau da escada coberta, pretendia subir ao topo da cabine, mas a inclinação do navio para o lado era tanta que eu balançava como uma bandeira no alto de um mastro. Achei que deveria alcançar o topo com um pulo, e virei-me para procurar por Hopper. Algo que não sei bem o que era, uma voz interior, fez com que eu olhasse para baixo e então vi novamente Scurra, com um braço passado na balaustrada para equilibrar-se. Ergui a mão numa saudação — e foi o tempo de a água, primeiro insinuando-se, depois precipitando-se em avalanche, varrer-nos para longe um do outro.

Com o navio entre cambaleando e emborcando, um grande volume d'água submergiu a proa e jogou-me como uma cortiça para o teto da cabine de comando. Hopper lá estava também. Meus dedos tocaram algo como um ferrolho perto da grade de ventilação e me agarrei a ele com todas as minhas forças. Enchi meus pulmões de ar e fixei os olhos no horizonte turvo, decidido a não me soltar dali até ter certeza de que poderia flutuar livremente e não me tornar o joguete da voracidade de um turbilhão. Não desperdiçaria minhas forças tentando nadar, não por enquanto, pois sabia que o navio era agora o meu inimigo e, se eu não me mantivesse vigilante, me arrastaria com ele para o túmulo. Esperei por nova invasão das águas e, quando esta veio e as ondas fizeram sua entrada avassaladora empurrando-me para mais alto, soltei a mão e deixei-me carregar para longe, acima do emaranhado de cordas, fios e turcos, para além da balaustrada e para dentro da imensidão da noite. Ouvi o raivoso rugir do navio moribundo, a ensurdecedora cacofonia quando ele se pôs finalmente na vertical, com todas as suas entranhas despedaçadas. Engoli fuligem e me encolhi de medo enquanto faíscas dançavam acima de mim como vaga-lumes quando a chaminé dianteira partiu-se e veio abaixo, abrindo o mar ao meio. Tive a impressão de ver o rosto de Hopper, mas um de seus olhos havia sido arrancado e a boca dele se mexia como a de um peixe engasgado no anzol. Fui tragado para baixo, como sabia que seria, sempre mais baixo, mais baixo, e eu só esperando, só esperando que o puxão afrouxasse — quando isso aconteceu, pus toda a minha garra em subir à tona.

Não sei quanto tempo nadei sob esse mar enclausurado — o tempo se havia interrompido junto com a minha respiração — e já tinha os pulmões a ponto de estourar quando a escuridão clareou e com mais alguns impulsos subi à tona. Achei que estivesse entrando no paraíso, pois estava vivo e ia começar a respirar de novo, mas só até que ouvi os gritos das almas em tormento e então me imaginei no inferno. Deus do céu! Aquelas vozes! "Pai... Pai..." "Pelo amor de Cristo..." "Ajude-me, tenha piedade!..." "Onde está meu filho?..." Alguns chamavam por suas mães, outros pelo Senhor, uns pediam para ter morte rápida, uns poucos pediam para ser salvos. As lamentações atravessavam o ar congelado e chegavam às estrelas; minha própria boca se abriu num gemido silencioso. Os gritos continuaram, trêmulos, prolongados — e Deus que me perdoe, mas minha vontade era que terminassem. Naquela noite medonha o mais assustador foram esses berros dos que estavam morrendo. Chegou um momento em que as vozes ficaram mais fracas e cessaram — mesmo assim, continuei a ouvi-las, como se os afogados se chamassem uns aos outros num lugar espectral em que não havia como segui-los. Veio enfim o silêncio, completo, e esse foi o som pior de todos. Não ficara vestígio do *Titanic*. Restava apenas um véu de vapor acinzentado pairando sobre a água.

Aos poucos acostumei-me à escuridão e distingui um bote a certa distância. Concentrando todas as minhas forças, nadei para junto dele; era um bote salva-vidas inflável, com o fundo virado para cima e fazendo muita água. Tentei subir pela beirada, mas seus ocupantes olhavam-me sem me ver, e não me deram a mínima ajuda; apesar dos sinais de vida em seus olhos, era como se estivessem mortos. Contornei o salva-vidas e, nadando em direção à outra extremidade, mais distante, no trajeto apoderei-me de um barril à deriva, montei nele, e usando minhas mãos como remos, fui até a popa e me enfiei a bordo.

Ficamos lá jogadas, umas vinte ou mais pessoas, absorvendo como esponjas a água congelada que se depositava naquele bote de lona, olhando para as estrelas acima, observadores contemplativos do universo, cada um de nós perdido em pensamentos e sonhos à parte. Vi a biblioteca com aquela imagem que agora se transferira para a parede acima da lareira, e o velho Seefax, de braços erguidos em pânico enquanto sua cadeira deslizava pela sala e a água alcançava a lareira, apagando os carvões incandescentes. Logo eu me via em Londres de novo, parado de pé em frente ao Café Royal, a calçada da rua molhada em que se refletiam as luzes das lâmpadas, com um buquê de violetas na minha mão. Enquanto eu esperava, as portas giratórias começavam a rodar e por elas saíam: Hopper, sorrindo e perguntando onde diabos havia eu me metido; Ginsberg, saudando-me com um tapa nas costas; Charlie, de faces rosadas pelo prazer de me ver; Ben Guggenheim, ostentando petulante sua cartola à cabeça; Riley, com as mãos nos bolsos, tilintando moedas; e, por fim, Scurra, sem vir para fora das portas, ora me encarando, ora me dando as costas, mais uma vez me encarando, os olhos tristemente fixos nos meus. Cada vez que passava em sua órbita giratória, fazia um gesto com a mão para o alto, e eu avancei para ir ao seu encontro, mas as portas continuaram girando, girando, e quando diminuíram de velocidade, ele tinha desaparecido. Aí então Charlie apontou para o céu e todos olhamos para cima e vimos uma estrela cadente.

Agora sentíamos muito frio dentro do bote, e flutuávamos fazendo cada vez mais água. Sentei-me e esfreguei meus membros congelados, gritando para os outros que se mexessem, do contrário iriam morrer. Alguns resmungaram qualquer coisa e resistiram, mas a maioria percebeu o fundamento da advertência e começamos a trabalhar em equipe, retirando o máximo de água que conseguíamos, embora continuássemos sentados numa piscina congelada e o bote estivesse se inclinando assustadoramente. Receando que nos encharcássemos, tracei uma estratégia de todos nos levantarmos, não de uma só vez, mas dois a dois e separados pela distância de um braço, a fim de mantermos um equilíbrio. Quando isso foi feito e todos ficamos olhando para o horizonte, alguém declarou que havia um navio lá ao longe, e em movimento. Olhamos com a máxima atenção possível, mas era tal o espetáculo de estrelas cadentes naquela noite que ficava difícil distinguir uma luz de outra. Passou-se uma hora, até que, para nosso encantamento, ouvimos vozes. E, pouco depois, entre gritos que pareciam ora avançar ora recuar, dois botes salva-vidas fizeram sua aparição diante de nós. Havia espaço num deles para três de nós, mas não nos atrevemos a perturbar nosso equilíbrio, e os barcos se afastaram à força de remadas.

Cerca de meia hora mais tarde, uma segunda precipitação de estrelas cadentes desceu em arco na direção do mar. Olhamos com dúvida porque elas explodiram em pedaços antes de cair. Um viva solitário partiu de algum ponto à nossa direita e houve uma voz de mulher que gritou: "É o *Carpathia*, com toda a certeza".

Por um instante tive vontade de dar vivas também, mas logo em seguida o ímpeto de alívio foi substituído por um mal-estar que se converteu em sentimento de culpa, pois naquele momento eu já havia começado a esquecer os mortos. Agora que eu sabia que iria viver, havia algo de desonroso na sobrevivência.

Ao alvorecer, até onde a vista alcançava era possível deparar com um oceano pontilhado de ilhas e campos de gelo. Alguns desses blocos flutuavam, tendo em sua formação autênticos mastros pontiagudos, outros com arcos monstruosos lançados abruptamente para o céu tomado por clarões róseos, e outros, ainda, deslizavam sobre a água na forma de naves arcaicas. Em meio a essa esquadra esbranquiçada oscilavam os diminutos botes salva-vidas. Havia outras coisas retidas sobre as águas: cadeiras e mesas, engradados, uma garrafa de gim vazia, um conjunto de gaitas de foles, uma xícara sem asa, a pintura do rosto de uma moça numa tela amarfanhada; e dois corpos — o da mulher, num vestido de gelo com uma cauda de sereia; o do homem, em mangas de camisa, os cachos do cabelo endurecidos como aparas de madeira fincadas em sua cabeça, as duas mãos congeladas segurando a curva de uma grade metálica. Para além, onde o sol começava a mostrar sua orla incandescente, saía fumaça de uma chaminé.

ESTA OBRA, COMPOSTA PELO ESTÚDIO O.L.M. EM GARAMOND, TEVE SEUS FILMES GERADOS NO BUREAU 34 E FOI IMPRESSA PELA GEOGRÁFICA EM OFF-SET SOBRE PAPEL PÓLEN SOFT DA COMPANHIA SUZANO PARA A EDITORA SCHWARCZ EM ABRIL DE 1998.